冰心

儿童图书奖获奖作家作品

ERTONG TUSHU JIANG

HUOJIANG ZUOJIA ZUOPIN

Bing Xin

菜花黄时

王海椿◎著

中国书籍出版社

China Book Press

**图书在版编目（CIP）数据**

菜花黄时 / 王海椿著. ——北京：中国书籍出版社，2013.7
（成长·悦读）
ISBN 978-7-5068-3620-3

Ⅰ.①菜… Ⅱ.①王… Ⅲ.①小小说—小说集—
中国—当代 Ⅳ.① I247.8

中国版本图书馆 CIP 数据核字（2013）第 158069 号

## 菜花黄时

王海椿 著

| | | |
|---|---|---|
| **丛书策划** | 尚东海　武　斌 | |
| **责任编辑** | 武　斌 | |
| **责任印制** | 孙马飞　张智勇 | |
| **封面设计** | 红十月工作室 | |
| **出版发行** | 中国书籍出版社 | |
| **地　　址** | 北京市丰台区三路居路 97 号（邮编：100073） | |
| **电　　话** | （010）52257143（总编室）　　　（010）52257153（发行部） | |
| **电子邮箱** | chinabp@vip.sina.com | |
| **经　　销** | 全国新华书店 | |
| **印　　刷** | 北京一鑫印务有限公司 | |
| **开　　本** | 710 毫米 ×1000 毫米　　1 / 16 | |
| **字　　数** | 210 千字 | |
| **印　　张** | 13 | |
| **版　　次** | 2013 年 12 月第 1 版　　2013 年 12 月第 1 次印刷 | |
| **书　　号** | ISBN 978-7-5068-3620-3 | |
| **定　　价** | 24.00 元 | |

# 序

　　这是一套冰心儿童图书奖获奖作家的小小说作品集。看到这套书，就不能不先谈谈小小说。

　　从上世纪 80 年代中期开始，由于社会生活的变化，快节奏的现代生活，使人们在艺术鉴赏中，越来越注意审美经济原则，即以最少的时间获得最多的收获，因而在阅读上要求精练精短，从而催生了小小说的迅速发展。我国的小小说迅速从"创作现象"发展为"文体现象"，再演变为一种"文化现象"，构成了中国当代文学史上的一道亮丽风景。

　　最为打眼的现象，是小小说迅速走进了大学、中学，走进了中考和高考。

　　进入新世纪以来，中考、高考语文试卷基本都有"话题作文"，而"话题作文"最接近于小小说。

　　2001 年，南京考生蒋昕捷的作文《赤兔之死》，获得高考满分，被选入南昌的《微型小说选刊》后，又被收入《中国微型小说双年选》一书。后来连续几年高考结束后，总有人说某考生的满分作文是抄袭或模仿某作家的哪篇小小说，以致闹得沸沸扬扬。若真要对这一频发现象刨根问底，得出来的结论只能是一个：小小说是学生喜爱、教师推崇、家长关注的一种文体，中学教育需要小小说。

　　据不完全统计，近年来，小小说被收入各类试卷与教辅教材的有上千篇之多，本套丛书的作者，均有作品被选入各类试卷与教辅教材，如：郁葱的《特别的生日礼物》(原名《特别的礼物》)，被山东、河北、河南、辽宁、黑龙江、江西、云南、甘肃、福建等十几个省市作为中、高考语文考试阅读范文或模拟试题，2013 年，天津滨海新区五所重点中学将该文选入高中毕业班联考语文试卷；亦农的《棋杀》，先后入选武汉市 2008—2009 年度九年级统考试卷，入选成都 2009—2010 年中考试卷、云南师大附中高考月考试卷，等等。

　　2009 年，凤凰出版集团旗下的江苏文艺出版社，出版了南京师范大学凌焕新教授主编的《高考金榜作文与微型小说技巧》一书，对高考金榜作文与小小说的关系进行了梳理与考证，认为小小说对提高中学生的作文水平将产生立竿见影的效果。

由此可见，中国读者需要小小说，中国教育特别是中学教育更需要小小说。

然而，自上世纪90年代至今，已出版的小小说作品集，以及收入小小说的教辅资料浩如烟海，仅获"冰心奖"的作品集就不少于80本。其中哪些文学品质高，哪些适合中小学生阅读，应当是需要一套选粹本的。这套丛书就是根据此需要，从冰心儿童图书奖获奖作家的作品中，遴选出的既有较高文学品质，又适于中小学生阅读的精品力作。可以说，这套丛书，是发给中小学生的"特快专递"，是通往语文课堂的"直达快车"。有了这套书，语文老师在选用范文时，就用不着在浩如烟海的教辅资料中沙里淘金、"众里寻他千百度"了；学生看了这套书，在进入中、高考语文考场时，心里就不会"兵荒马乱"了。

中国文学的未来是属于青少年的。我希望这套丛书，能够为青少年一代提供文学的正能量，培育出更多热爱文学、热爱小小说的青少年读者和作者。

是为序。

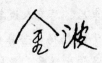

成长·悦读

Contents

目录

成长·悦读

目录 Contents

Contents 目录

成长·悦读

Contents

目录

# 一个朋友

一个朋友，和我们处得不错。

这个朋友是什么时候进入我们的生活圈子的，如今已不大记得了。总之，他很快就和我们玩得很熟了。

这个朋友个头不高，瘦瘦的，皮肤也黑，但很精神，整天西装笔挺的，领带打得很正规，给人干净利索的印象。

我们常在一起喝酒。喝酒时他总是选择偏座，主动给我们倒酒。他倒酒很熟练，不用酒壶，瓶盖一打直接倒，一抬手，杯里的酒不满不浅恰到好处。他酒量不小，但有时为了陪我们，常常喝多了。喝多了，就会说一些大话，我们不喜欢听。

不过，在不喝酒的情况下，他很会说话，大多是些恭维的话。恭维在现代语法里是个贬义词，这实在有失公允。俗话说讨了便宜还卖乖，可说恭维话的人却是乐了他人贬了自己。细想想，我们谁不喜欢恭维呢？女士新做个发型，喜欢人夸漂亮，男士貌似武大郎，也希望人说潇洒。这个朋友就是能满足这样心理的人。比如说，你明明一官半职都没有，他见了你却恭维地一笑："领导来啦！"并给你递烟倒水，弄得你在他面前真像个领导似的。你新买个小包，价格不菲呢，但其他人可能并不注意，他见了却眼睛一亮："这小包不错啊。"翻来覆去地看、摸："这皮质，这手感，多好。哦，卡丹路的，名牌就是好，怕有两千多块吧？"你的虚荣心得到了满足。在歌厅唱歌，你的歌像公鸭子叫，他也使劲地鼓掌，下来了还对你说："唱得不错，唱得不错。"把你一时的尴尬应付过去了。

所以，大家都喜欢和这个朋友在一起玩，和他在一起玩你心里没有负担。

当然这个朋友的好处不仅仅体现在会说两句好听的话上，在实际行动上也做得很好。他喜欢帮你忙，喜欢为你做事。比如说谁家没有液化气了，跟他说一声，马上帮你弄去灌了。谁家下水道堵塞了，叫他一声，马上便会来帮你疏通。有一次小李的钥匙丢屋里了，把他叫去，他从 5 楼的窗子爬进去，手被玻璃划破了，流了好多血。还有一回他来我家玩，我要去参加一个宴会，时间紧，我站在衣橱前打领带的工夫，他已蹲在我身边，把我穿在脚上的皮鞋擦好了。

这个朋友不但小事会做，还能帮你办些上台面的事。比如你突然来几个朋友，要请客，钱不凑手，他要么是掏钱给你应急，要么就带你去某家可以签单的饭店。你要是碰到什么特殊情况需要临时用个小车，他马上就能给你联系一辆。

这个朋友好像没什么职业，我们不知道他到底是干什么的，也懒得问。他三天两头往我们办公室跑。有时我们忙，顾不上和他打招呼，他就坐在那儿抽烟，不发一言。抽了一会儿烟，就不声不响地走了，像没来过一样。

突然有好长时间没见着这个朋友了。有一天办公室几个人不知谁提到了他，说他因为行骗被抓起来了。有的人便露出鄙夷的神色，大多数人则是无所谓的样子，忙各自的事去了。

我是在一个大雨天才想起这个朋友的。那天我没带雨具，我想假如他知道，肯定会给我送一把伞来。

回过头来想想，这位朋友为我们倒酒，为我们掏下水道，为我擦皮鞋，可他出事了（还不知是真是假），却没有一个人提出去看他，甚至连一点怜悯的神情都没有。当初我们刚认识这位朋友的时候，大家好像或多或少对他怀有几分戒心，可自始至终他没有骗过我们一分钱。我还曾怀疑他和我们套近乎是有什么事需要我们帮忙，可他从未让我们办过任何一件事。

一个朋友，就这样从我们的生活中消失了。

# 波奇的愿望

波奇今天有点兴奋，边干活边算计着，这50元该怎么花。

刚才去倒废品的时候，竟然从一本书里滑出一张50元钱，他见并没人注意，就迅速捡起放口袋里了。他面红耳热，甚至手心都出汗了。长这么大，他可从没偷拿过人家东西。他自我安慰道，这钱既不是老板的，也不知是哪个卖废品的，我不捡将来也是被打成纸浆。

波奇今年只有15岁，到废品铺子做搬运工已有两年了。父亲常年患病，为了替瘦弱的母亲分忧，他不肯再上学，就出来打工了。虽然每月只有800元，但毕竟能帮上点家里。

波奇从没痛快地花过钱，工资一领就大半寄家里了。这白捡来的50元，说什么也要慷慨一回。对，下班去吃麦当劳，虽说洋快餐也没什么好的，可自己还没吃过呢。不，还是去买件T恤，夏天到了，自己没一件像样的汗衫。哦，应该先买洗发水，这些日子都是用洗衣粉在洗头呢，头发一点都不顺畅。这回要买一瓶好的，舒蕾? 海飞丝? 他想来想去，总是没两样东西就把这点钱算没了。唉，到时再说吧，总之起码要去糖水店喝一杯糖水。

傍晚，离铺子关门还有一个多小时，来了个带着小男孩的妇女，说是上午卖的废品中，里边有50元钱。她向老板解释，她的孩子把钱夹在一本旧课本里，她清理废品时不知道，就搁在一起了。她说，那是孩子的压岁钱，一直没舍得用，准备攒着买一套画具和颜料，他喜欢画画。可这几天，家里买油的钱都没有了，急的没法，才好不容易找出一些烂铁、破塑料盆以及旧课本，总共才卖了十几元钱。

老板说，我们要关门了，那么多东西，怎么找呀。即使找到了，又怎么知道那些东西就是你卖的？

那母亲苦苦哀求，老板终于答应让他们找找看。于是那母子就爬上了高高的废品堆。

可那么多废品，要在短时间翻到自己所卖的东西几乎是不可能的。那母亲的手一个劲飞快地扒着，男孩也在旁边帮着忙。

波奇搬着东西，心里却是又后悔又焦急。那母亲的话他都听到了，后悔的是，自己不该拿那钱；焦急的是，他们不可能在废品中找到钱。他真想立即将钱掏给他们，可老板若是知道他捡了钱，藏起来不上交，会把他骂死的，甚至让他滚蛋。

那母亲的汗直往下滴，前额的头发都湿了，那孩子的脊背上也透着汗。

波奇捏了捏口袋里的票子，它像一只蚂蚁在咬着他。是的，他们也是穷人，和自己一样，要不，就是500元，也不会这样找呀。

老板在那边催道，不要找了，不要找了，我们要关门了。

这时，波奇走过来，声音低低地，对那母亲说，不用找了，钱在这里。男孩看着他手中的钱，说，是的，就是这50元，我还记得一个角有点破了。

那母亲和孩子接了钱，对老板和他说了很多感激的话走了。波奇看到老板的脸狠狠地阴着。

果然，老板冲他吼道，你给我过来，那钱真是你从书中捡的？他咕哝着，是的，老板。

你胆子不小了，竟敢偷铺里的东西，明天不要来上班了！老板吐了一口唾沫，现在就给我滚！

波奇在大街上走着，夏夜有点燥热的风吹干了他脸上的泪。他摸摸口袋中皱巴巴的10元钱，走进了糖水店。也许明天真的要离开这个城市了，无论如何，也要喝一杯两元钱的糖水。

# 伙　伴

　　黎明的衣襟上挂着水珠儿，浓浓的雾气使人感觉到微寒。在这个小镇的郊外，一个男孩正在河坡上割着青草。

　　这个叫多宝的男孩是马戏团的演员，他割草是要喂他的一只羊。为了多割些草，今天天不亮他就起床了。此时，他的衣服已被露水打湿了。

　　说来那只羊，伴他已有 10 多年了。刚买来的时候，还是只小羊羔子，洁白的皮毛像云朵，黑亮的眼睛纯净温和。他摸摸它的头，它咩咩叫着，还舔他的手。他心底即刻升起无限怜爱的感情。

　　但驯兽是冷酷的事情。虽然人也会利用动物的情感，但更多还是残忍的鞭子迫使动物就范。

　　羊是最温顺的动物，但如果你强迫它做某件事就难了。比起猴子、狗，甚至老虎、熊，它倔强得多了。狗只要给它肉吃，几乎要它做什么就做什么。猴子有玉米、香蕉就很听话。哪怕是老虎也会在饥饿和拷打面前妥协。

　　记得师傅教他驯一只老虎。这只老虎很强悍，怎么打也不配合训练。师傅就把它关进笼子饿了三天，饿得它快昏厥了，才喂点肉给它，刚缓了点神，师傅就用鞭子猛抽它让它配合训练。如是几次，这个不可一世的英雄终于屈服了。

　　而对付一只羊，比老虎要难得多。尽管它的要求很低，只吃一点草，但它不会因为你给它草吃就听你的话。它很固执。如果你想像对付老虎那样，饿它三天，再给它吃一点点草而让它乖乖听话，这是绝对办不到。说不定它会绝食而死。

　　他们马戏团驯羊表演主要有跳火圈，走钢丝，踩球等几个节目。这个固执的

小家伙，把它赶到台上，它就是不肯往火圈里钻，往钢架上爬。任他拽着它的脖子，扳它的角也不行。师傅常说，驯兽的唯一秘诀就是——狠。心狠，手狠。

一只老虎的倔强没有什么，一只羊的倔强让他钦佩，或许更多的是怜悯的成分。他一点也不愿打它，可是，他又不得不打它。

他想它和他一样是无法选择命运的。他们都是被遗弃的孤儿，命运不主宰在自己的手里。

近晌午，多宝感到有点儿热，他脱掉了上衣，歇了会儿，光着膀子，感觉风从臂上呼呼走过，手下的刀更有力了。

据说自己四岁那年，得了一种治不好的病，贫穷的同时也是狠心的父母就把他丢进一个草丛里。师傅路过抱起了他，将他收养，从此马戏团成了他流动的家。

看着羊身上被打的伤，一种无奈的痛苦煎熬着他，撕裂着他，但他确实没有改变的办法。自从来了马戏团他就身不由己了。是不是人要活着，总得要做点违心的事？

当初师傅训练他时，也像训练动物一样。六岁练走钢丝，八岁练骑马，稍有松懈轻则拳脚，重则棍打，身上到处是伤。

后来师傅教他驯兽。对他说，任何动物都可被人驯服，驯兽师不可在动物面前软弱。

他驯服了很多动物，也和它们产生了感情，可是没有哪个动物比得上他和羊亲。晚上，他带着它一起睡，还和它说话，它温顺的眸子使他感觉不到夜是那么孤独。它是他的朋友、兄弟。

尽管马戏团备有干草，但他很少用干草喂它。每到一处，安顿好营地，他就带它出去（他们的马戏团多在乡村表演），找一片草地，让它吃鲜嫩的草。有时候，他还学它的样子，扯几棵草叶在嘴里嚼着，朝它做鬼脸。

它终于和他配合了，他的一个眼神，它就明白他要它做什么。它的一个眼神，他也明白它要表达什么。他们成功表演了一个又一个节目。

刀在草地上飞快地走着，在多宝听来，就像是它啃草的声音。他想，多嫩的草呀，你一定喜欢吃。

有一天多宝突然发现自己的伙伴老了，胡子呈土黄色，无精打采地弯蜷着，毛像一件露着棉絮的破棉衣，行动明显不是那么敏捷了。

记得最后一次表演，它好不容易才爬上架子，在钢丝上接连打了几个颤，它真的是力不从心了。好在它最终没有摔下来，完整地表演了最后一个节目。

下场后，它就倒在地上直喘气。第二天走路都困难了——它是再不能表演了！

马戏团的动物老得不能再表演时，多半是被屠宰手廉价买去杀了。这次多宝自己出了钱，把这个退役的伙伴留在身边，给它喂草，喂水，帮它洗澡，剪胡子。

它毕竟是老了，这天早上，多宝发现躺在身边的老羊已经硬了……

夕阳的余晖把河坡涂成青紫色，多宝站起来伸伸酸了的手臂。他已割了一整天的草了，身后，已堆成了个小山似的草堆。他说，伙计，准够你吃的了。

他把草一捆捆向不远处的一个小土丘运去。它的伙伴——那头老羊，就埋在那里。

明天，他们的马戏团就要到另一个地方演出了。

# 宾尼的铃铛

宾尼有一个铃铛，是二叔送给他的。

这是个不大的铁铃铛，只比龙眼果大一点点，是二叔小时候放牛挂在牛犊脖子上的，牛犊一走路，叮叮当当响。后来家里不养牛了，二叔就把铃铛收了起来。

宾尼的家在柬埔寨东南部一个贫瘠的山村，只有一小片山林和两块贫瘠的庄稼地。爷爷奶奶去世后，二叔跟着宾尼的父母过，哥哥嫌他笨手笨脚，嫂子也常给他白眼。

这年春天，二叔决定出去找事做。

二叔特别喜欢宾尼，常带他去河边捕小鱼，捉小虾；去山里打野兔，套野猪……有说不完的乐趣。

二叔走时，宾尼依依不舍，二叔转身去房里拿出件东西，宾尼一看，是个发黑的铁铃铛。二叔说，摇这个铃铛，二叔就知道是你想我了，回来就会带好东西给你。

宾尼把铃铛放在自己的小箱子里，想二叔时，就把铃铛拿出来摇，在心里说，二叔，宾尼想你了，你听到了吗？

临近新年，宾尼每天都把铃铛拿出来摇一遍，盼着二叔早点回来。果然二叔回来了，给他带来了个电动小飞机，还有顶迷彩小帽子。宾尼高兴得爬到二叔的背上拍着二叔的头，问二叔在外面什么地方，做什么。二叔说，在马德望，盖大楼。

　　开学时宾尼把小飞机带到学校去玩，一开钥匙就呜地飞了。同学们都羡慕死了。宾尼说，知道吗，是我的二叔带给我的，他在马德望盖大楼。

　　可下一个新年，二叔没有回来。守岁夜晚上宾尼把铃铛拿出来摇，希望突然响起二叔的敲门声。可没有。

　　有一次，宾尼的数学考试没考好，回来被妈妈骂了，宾尼委屈得哭了。他又把铃铛摇了摇说，二叔，宾尼想你了，怎么不回来和我玩呢？

　　好多同学都有各式各样的新玩具，宾尼还是二叔以前带给他的旧玩具。同学们都讥笑他，说宾尼你二叔又给你带来什么好礼物呀？宾尼急了，把那个铃铛带到了学校，说这就是我二叔给我的礼物！

　　同学们一看，是个锈铃铛，都哈哈大笑起来。

　　宾尼委屈得流下泪来，埋怨二叔，怎么说话不算话了？

　　爸爸贩马挣了一些钱，后来又办了个板材加工厂，生意不错，宾尼家盖起了村里最大的楼房。宾尼有了好多新玩具，二叔一直没有回来，他也不再惦记二叔带给他礼物了。

　　宾尼暑假的时候，爸爸带一家人到马德望旅游。宾尼还是第一次来到大城市，头一回开碰碰车和骑大象，开心极了。

　　没想到就在马德望，他看到了二叔。这天，他和爸爸妈妈从一家商店出来，看到一个人，挎着一个又脏又大的塑料袋，在垃圾箱里拨拉着。虽然这个人灰头土脸，他抬起头来的一瞬，宾尼还是认出来了——不正是二叔吗？他大叫起来："二——"可"叔"字还没出口，就被妈妈捂住了嘴。那个人低下头，匆匆消失在人群中。

　　回来的路上，妈妈阴着脸说，早听说他在西部捡破烂，果然没错。爸爸说，我早知道他不会有什么出息。

　　长大了的宾尼，懂得了很多事情。他常打开童年的小箱子，拿出那个小铃铛，摸了又摸，却不敢轻易去摇。偶尔，铃铃不经意地响了一下，他在心里说，二叔，你知不知道是宾尼在想你呢？

　　转眼六年过去了，宾尼已是一个英俊的小伙子，还有了一个漂亮的女友。他从农林大学毕业后，在家乡承包了一片橡胶林，二叔已被他从马德望接回来，请他帮着照管橡胶林。宾尼还把那个铃铛带到胶林边的房子里，说它可是二叔送给我的最好的礼物。

当当当——二叔正在割胶，知道又是宾尼在喊他回去吃饭呢。他朝胶林边的房子看了看，果然，宾尼和他的女友都站在门口等他呢。

宾尼手里拿着那个铃铛，朝他扬着。

# 报 复

今天一定干，一定。阿措在心里对自己说。

阿措是个装饰学徒工，师傅对他说，不但要学会做手艺，还要学会揽生意。现在竞争厉害，行行难做。眼下做着的这家，不但工钱给的低，还很挑剔，一会儿说这儿不好一会儿说那儿不行。不管他们说什么，师傅都一一应着。

那个男的很胖，穿着件橘红色的 T 恤，像个大甲虫。一回家就坐在沙发上看《足球报》，不时用手帕擦鼻梁上的汗。那个女的颧骨有点高，还是很漂亮，装修的事多是她在操心，指这指那的。阿措最看不顺眼的是，她每次进装修的房间都用手捂着鼻子。

也许她看阿措也不顺眼，常挑阿措的毛病。师傅，你这个徒弟把板条钉歪了；师傅，你这个徒弟螺丝没拧紧。不管她说得是对是错，师傅都把阿措训一顿。

他们养一条斑点狗，胖乎乎的，可阿措一点也不觉得它可爱。娇气，蠢笨，眼神空洞，阿措敢说，离开主人它一天都活不成。哪比得上自己乡下家里的那条狗，机灵而勇猛，带它到田野遛一遛，就能逮回一两只野兔。

那天，阿措正在刮墙，斑点狗跑到他身边，他想把它挨到一边，那女人在一边大叫起来，哎呀，别碰我的狗，你手上那么多灰。快过来，我的宝贝。她把狗唤了过去，抱到怀里，还在狗的额头亲了亲。

真恶心！阿措真想把她的狗夺过来摔死。

大热的天，他们吃着冰激凌，冰箱里放着那么多冷饮，对他和师傅从不客气一声。我们只能用那劣质的纸杯去接饮用水。而他们舍得用面包和火腿喂狗。

也许在他们眼里我们还不如一条狗！阿措恨恨地想。他决定对付这条狗。

下了几天决心，昨天晚上终于付诸行动了，他买了毒狗的药。

阿措往墙角看了一眼，狗药就在那工具包里。单等收工，就把那塞了药的肉包子悄悄扔到他们家的喂狗盆旁。

哎哟！阿措突然叫了一声。想着那事他分心了，左手被工具刀划了一个口子。

师傅过来说，你看你，干活想什么呢，也不小心点。

那女的听到阿措的叫声，也过来了，一看到血，哎呀尖叫起来。阿措反感她那夸张的模样，本来蹙着眉头的，这时故意放松了表情，用右手死死地握着伤口，装着无所谓的样子。

可是，血止不住地流。

女人跑到另一个房间，一会儿又过来，说，没找到创可贴，幸好家里还有酒精，来，我给你先洗一下。

女人说着就抓过阿措的手。阿措感觉手背一阵暖暖的。阿措还没仔细看过这女人的手，女人的手又细又白，看得清里边的血管。而自己的手又黑又粗糙。

女人给他擦洗了伤口，又用手帕将他的手包了。阿措一点也感觉不到疼了。看到女人的手沾着自己手上的泥灰，还有血，阿措觉得不好意思。

阿措接着去干活。他望了望那墙角的工具包，浑身不自在。每次那狗走过包旁边，他的心都抖一下，仿佛包里有一颗炸弹，随时都会爆炸似的。

下班了，阿措拿起工具包，若无其事地走了出来。和师傅分手后，他来到一个臭水沟旁，将那个肉包子扔了下去。她只是一点小小的关心，就把他的计划破坏了，真让人懊恼呢。

阿措对着天空打了个响亮的唿哨。

# 神　像

在这个南方大城市，无可回避的是仍存在这样的地方：脏而零乱的巷道里，林立着各种小店铺。发廊、诊所、炒货店、旧书店、小吃店……理发最低只需3元钱，不能不惊叹价格的便宜，因为这里住的全都是最下层的平民。

来这里走一走你就会知道，那些漂亮的女孩，穿的衣服乍一看也都时尚俏丽，可往往是地摊上或路边店买来的便宜货，价格大都不会超过50元。从这条街拐进那些只够两人并排行走的逼仄的小巷子，会看到一些妇女坐在门口做服装的钉花或串珠，这些都是那些小服装厂的货，她们可以赚一点辛苦费，维持生计。

有一个女人，一直在巷子里涂神像。神像是石膏做的，涂上薄薄的一层金水，立即换了副模样，闪闪发光。那些钉花或串珠的女人往往三五个围拢在一起，边做活边扯闲，只有这个女人，永远是一个人，没见她说过什么话。事实上她也是个哑巴。

她有个男孩，他的父亲早就去世了。

孩子很懂事，放学回来就烧水，做饭，还不忘为母亲泡上一杯热茶。

母子二人相互关爱，卑谦地活着。

管着这一片治安的是个大胖子片警，老库。他是个敬业的人，每天都在这一片巡视。早餐总是在光头佬肠粉店吃一盘布拉肠外加一个茶叶蛋。在巷子里看到涂神像的哑妇，他总是收起严肃的面孔，礼貌地笑一下。

这天，他在发廊理发，顺便问最近有什么治安问题没有。老板说，托您的福，

一切平安哩。"不过,"过一会老板又想起什么似的说,"就是店里的神像好端端的竟没了。"

这里的风俗是,家里或店铺都供着神像。不过,偷神像的事以前还没听说过。不说犯忌,一个石膏神像,偷去也没什么用呀。

哦。老库摸了摸下巴。最近他听到好几家店主说到了这个情况,起初没引起注意,可如果很多店铺都发生这样的事,就不正常了。他觉得应该管管这事。

据店主们说,神像都是在营业的情况下被偷的,也就是说并不是夜晚撬门扳窗,应该是乘店主大意时搬走的。

老库决定加强对店铺的巡视,一定要抓住这个神秘的偷神像者。可接下来的几天,还是有两家店的神像被偷了。

这一天,他刚在路边停下他的破车,突然看到一个男孩从一个店里慌张地出来,抱着个用衣服包着的东西。老库突然意识到包着的就是神像。其实一个孩子他可以轻易抓住的,但他职业性地叫了声:站住!这一喊惊动了那男孩,男孩飞快地跑了,很快拐进一条巷子。老库虽然胖,到底是警察,加快了几步,就把男孩抓住了。

男孩恐慌地看着老库。老库叫他交出手里的东西,掀开衣服,果然是神像。

老库说,小家伙,偷这个干什么?

孩子不吭声。

谅他是个孩子,老库温和地说,告诉叔叔原因,不说,我会带你到公安局的。

男孩惊恐地看着老库,他害怕被带到公安局。老库说,别怕,说了也许我会放了你。男孩结结巴巴对老库说开了……

这时,如果有人走近他们,就会发现,老库的眼睛湿润了。

原来,男孩就是巷子里那涂神像的哑妇的孩子。他母亲的生意不好,家里已积了很多神像。神像虽然每个店铺都要,但一般也只要一个。这附近的店铺大多有了,除了新开店,一般不会再买了。这孩子替母亲着急,他想如果把店铺的神像偷了,别人就会再来买母亲的神像。最近,母亲又病了,他希望能多卖出几尊神像,为母亲治病。

老库难过地拿着神像,对孩子说,走,去你家看看你妈妈。

　　男孩跟在老库后面，向家里走去。孩子打开门，到房内去叫躺在床上的母亲。他要告诉母亲，有个警察来看她。谁知，孩子叫了几声妈妈，没有回应。

　　他的母亲已经死了！

　　这时，外面突然电闪雷鸣，大雨倾盆而下。老库骂了声，这鬼天气！把神像扔在了雨中。

# 唐小虎的理想

唐小虎经常被周围的人们戏称为唐伯虎，但唐小虎既不会写诗，又不会作画，更没有诗人的风花雪月，浪漫情调，相反，他是个做事踏实，十分讲究实际的人。

唐小虎在单位工作积极肯干，不争名不夺利，深受领导好评；对同事厚道友善，深得同事喜爱；在家里上孝敬父母，下疼爱孩子，对老婆也是百般温存，体贴有加。嗨，这么说吧，唐小虎就像个完人。当然，唐小虎不是领导，不是企业家，也不是明星，完人也只能是个普通的完人。

既然是普通的完人，也就没什么特别之处，不会出名，也不会引起什么关注。但唐小虎有一个习惯或者叫爱好，还是受到了人们的关注。

其实说起来也没什么特别的，就是唐小虎爱干净，爱整洁。爱干净爱整洁有什么特别的？从小老师都教我们"讲卫生勤洗手"。可见唐小虎不是一般的爱干净整洁。当然大家都知道，爱干净整洁要有个度，我们都听说过有的人整天反复洗手，反复拖地，别人摸过的东西他（她）再摸一下就担心沾上细菌，这叫洁癖，是一种心理疾病。

可唐小虎这种爱干净爱整洁却有点另类。平时他穿着普通，行为普通，不见有什么洁癖的迹象。他是个普通的科员，上班照例每天早上抹一次桌子，下班倒一次垃圾，也没有一天洗几十次手的习惯。

他的爱干净整洁起初被认为是勤劳，甚至一度被同事误认为爱表现。比如，有的同事打扫自己的办公室，办公走廊上会留下一些拖把没有拧干滴下的水渍，唐小虎就会默默把水渍拖了。有时走廊上有不知哪儿吹过来的纸屑，唐小虎就会把纸屑捡了丢进垃圾桶。单位厕所有雇用的钟点工早晚各清理一次，但单位二十几个人你冲我洗，洗手池难免有污渍，唐小虎经常顺手把洗手池的污渍擦了。但他这些举动并没有捞到半点好处，只是偶尔被某领导碰上了，顺口说一句："唐小虎同志你真讲公共卫生呀。"唐小虎在工作中也无其他争名夺利的举动，同事也就不再多心了，对唐小虎的举动也就习以为常了。

使同事不习以为常的是一天唐小虎和一个同事去银行办事，银行门口不远处有一泡狗粪，很多人都绕开走，银行的保安都视而不见。唐小虎让同事等一下他，他跑到马路对面的报亭买一份报纸，把狗粪包了，扔到垃圾箱。

还有一次另一个同事也发现了唐小虎的怪癖。那是个周末，这个同事去看一个朋友，这个同事好久没来看这个朋友了，加之街道改建，到了朋友家附近，却找不到路，于是停下来问旁边一个正在清理墙上广告单的人。众所周知，大街上巷道里都是些乱七八糟疏通下水道、治疗阳痿早泄、代办证件之类的广告。当时这个人正把一个"阳痿早泄"的广告往下撕，同事在后面叫："师傅，请问兰花巷 58 号怎么走？"这个人回过头来，吓了同事一跳——却是唐小虎！同事惊讶得张大了嘴巴，唐小虎却像没事人似的，说看着碍眼，就顺手把它撕了，还感叹道，唉，哪一天这些乱张贴的事才能彻底管好呢？同事被弄得哭笑不得，说唐小虎，你爱干净干净到大街上来了，这么大的城市，你管得过来吗？

其实，同事不知道的事还有很多。唐小虎家附近有个公园，唐小虎每天晚饭后喜欢到公园散步，看到公园有人随手丢弃的纸巾、易拉罐、饮料瓶，他都弯腰一一捡起来扔进垃圾箱。时间久了，他逛公园仿佛不是为了散步而是专为公园的清洁卫生而去了。有的人把他误认为捡垃圾的他也不生气，边把垃圾往垃圾桶里扔边说，美化环境，人人有责。

这个城市有一条城中河，城中河堤的两边的护栏上都装了几排霓虹灯管，当时被有关部门称为"亮点工程"。时间长了，缠绕霓虹灯的一些铁丝难免锈蚀脱落，有些灯管就下垂，不成一条直线了，尤其夜晚灯亮时特别明显。一次唐小虎来城中河堤走走，发现了这个情况。第二次来的时候，就带来了钳子、铁丝把灯管一一扶正，重新绑好。恰巧这一天一个领导人在一行人陪同下视察市政工程，看到唐小虎的举动，过来拍拍唐小虎的肩膀，亲切地握着唐小虎的手说：小伙子，

干得好，我们市政部门就需要像你这样一丝不苟敬业的人！

最出奇的是，唐小虎的老婆到医院生孩子，老婆送进产房生出孩子后，大夫出来报喜，却不见了孩子的父亲！原来唐小虎见走廊上有一处血迹，到清洁间拿来一个拖把就拖起地来，别人都以为他是医院的勤杂工。事后气得一向温顺的老婆把他骂了个狗血喷头。

谁也没想到唐小虎会出意外，事故就发生在前面提到的城中河堤。这一次唐小虎又发现城中河堤护栏的霓虹灯有几处因铁丝脱落下垂了，就去重新捆绑，结果霓虹灯管有一处漏电，唐小虎不幸触电落水身亡！

人们在整理唐小虎的遗物时，发现了他小学时的一篇作文，题目是《我的理想》，很多人读书时差不多都写过这样的作文。这样大而空的题目难不倒我们，因为我们的大脑早被老师灌"活"了，同学们的理想大多是科学家、工程师、作家、飞行员还有中国人民解放军等等。我记得我当时说我的理想是当一名人民的售货员，因为我有几次都在我家附近的商店看到一个售货员阿姨随手从大玻璃柜里摸出一颗糖就吃，而那时候糖是我们整天都想吃的唯一零食。我想当售货员就可以天天吃糖了，多好呀。当然我不会把自己的心里想法说出来，而是说"售货员是为人民服务"，结尾还不忘来一句"做共产主义事业的接班人"。可是唐小虎这篇作文，让我震惊了！他说他的理想是"当一名环卫工"。我们不知道小小的唐小虎怎么没听老师的教诲，写上当"科学家"之类的其他伟大理想，而写当一名环卫工。毕竟我当年写当售货员还有糖吃，而当清洁工除了起早摸黑，流大汗，吃灰尘外还有什么好处？而那时候他怎么就想起当环卫工呢？难道他所有的行为，业余所做的一切，就是为了圆环卫工的梦？

可惜，唐小虎死了，这成了解不开的谜。

# 季哥的椅子

季哥是个老鞋匠，干活时坐的是十字帆布兜小凳子。回到家，他只坐那把榆木小椅子。

季哥是六十年代来到这个南方城市的。他年轻时游手好闲，又爱阔绰，偏生在一个穷家，结果就做了扒手。有一次失手，被警察捉住了。在关着的那个夜里他逃了，最后来到这个城市，他是不敢再偷了，于是就做了个鞋匠。

那时候，城市的外来人口还很少，即使有，也都是外地分配工作来的。季哥想成门亲事，可那些端铁饭碗的姑娘，哪有他的份儿。外来妹倒不是绝对没有，有个烧饼摊就有个姑娘。他每天早上都去买烧饼，就和那姑娘熟了，那姑娘对他好像有那么点意思。就在这当儿，有人给季哥介绍了个媳妇，是巷里的诸家的。诸家老两口都是朴素的普通工人，有一个痴呆的女儿，走路总是使劲地晃着一只膀子。

季哥在心里盘算，想在这里彻底待下来，必需有个依靠。诸家虽然不是大树，但足以使他在这个城市留下来，安全地生活。于是，他同诸家姑娘成了亲。

自逃出后，他没有一天不想家。在这里他隐姓埋名，说他姓季，街坊邻里都称他季哥。一晃十多年过去了，那点小案子已算不上什么事了，他可以光明正大地回家了。可他手头并不富裕，修鞋只能顾住衣食，并不能发财。再加上有了这个媳妇——为了使家人放心，他已写信说他在这里成了家，娶的还是个城市女人。他显然不愿意把这样的媳妇带回家。

他想等两个孩子大点带着孩子回去。孩子终于大了，他回了趟家乡。门前那棵老榆树，还是那么郁郁葱葱，他抱都抱不过来了。父母见孙子都这么大了，很高兴，可不见儿媳却是个遗憾。母亲一个劲地说，下次回来一定把媳妇带上。他隐瞒了自己在南方只是个鞋匠。有好事者怀疑他说娶个城市女人是吹牛，设法向他的孩子探问他们的母亲。还有个邻居向他借钱，他拿不出那么多，邻居怀疑他是不肯借。故乡的亲切和温暖被猜疑稀释了。他当时就决定，以后是断不再回来了。

其实，他依然是那么想家。多少回在梦里，他又踏上故乡的土地。那窄窄长长的村路，那长满野草的田埂，那鹅鸭扑腾的小河……

弟弟准备把家里的老宅子拆了，到别处建房，打电话问他有什么意见。他问，那棵老榆树刨吗？弟弟说，刨。他说你把那榆树托运一段过来。

季哥买来锯子、斧头、凿子等，用这个树段，做了一把小椅子。尽管有点粗糙，但季哥很满意。从此，他回家就往这个小椅子上一坐，喝茶，抽烟。

这个小椅子，是他亲近故乡的唯一方式。坐着它，他听到了故乡的风雨雷电，看到了故乡的星月流云，各种各样的情感在心里交结、纠缠。季哥想，故乡真是一把柔软的刀子，时时在准备刺你的心脏，使你流泪、流血。

不管岁月如何更替，季哥永远坐在巷口那株老榕树下，腿上放着块脏兮兮的围裙，低着头，补着一双双破鞋子。有时他直起身，向家乡的方向眺望着，眼里有说不尽的苍凉。

季哥老了，身体状况一天不如一天了，有一天终于倒下了。儿女根据他的遗愿，用那把小椅子给他做了骨灰盒。

一把椅子，又变成了个木盒子，这就是季哥的故乡。

# 同学介一

我曾在一篇小说中写了我曾经的一个朋友，做了一笔大生意，赚了一笔大钱，生活由此步上康庄大道。但他阔了脸却没变，常来找我聊天叙旧，我感激涕零。每次他走后，我都对妻子说，多好的一个人哪，发财了还记挂咱穷人。可是，当我买房子向他借一万块钱时，他就像响尾蛇一样，摆了一下尾，"哧溜"一下从我的生活中消失了。

后来我琢磨出一个道理，很多曾经的熟人富了以后，往往窜到你面前，胸脯一拍："有困难，找兄弟，绝对帮忙！"其实是不到你身边晃悠晃悠，显摆一下，他不甘心。当你真有困难找他时，他就像我那位朋友一样变成响尾蛇，"哧溜"一下从你身边溜走了。

不过，事情也有例外，我有一个同学就不是这样的人。

这个同学叫介一。

介一的创业史在此我不赘述，大致情况是，我们高中毕业后他就去了南京，先是做小生意，现在是一个集团公司的老总，身价千万。

介一为人低调，起先一帮同学很少有人知道他发了，但知道他在省城，有事来南京，总不免和他联系一下。

他见同学，从不开车，也不预定酒店，而是打的或步行到约定地点，然后和你边逛边闲扯，然后随便进一家饭店，喝两杯。当天不走，他就给安排旅馆，从不把同学带到他公司去。

介一这么做，自有他的道理。他说大家生活得都不容易，如同学来找你，你

21

搁那儿显摆，什么都五星级待遇，就会增加其自卑感，认为自己生活不如意，以后不再找你玩。还会给对方带来一定的心理压力，影响其正常的生活，甚至给整个人生都罩上阴影。

我很赞同介一的观点。我们有一个至今还在老家当农民的同学和介一相处很好，每次来省城找介一，介一都在平常的饭店招待他，但他们聊得投机，玩得开心。介一从不炫耀自己事业上的成功，总是说在外混日子不容易，自己打拼多年，累啊！所以至今他们还保持着良好的关系。

然而情况也有例外。一次，一个在家乡机关做个小干部的同学来省城开会，和介一联系上了，介一就领他去了一家中档酒店。回来后，这个同学就说，听说介一在省城混得如何如何，也不过如此嘛。

后来他又听说介一的公司开得很大，每天营业额都要运钞车押送，这个同学就更不满意了，说有钱人都是吝啬鬼，越有钱越吝啬，我去找他，他竟然拿20块钱一瓶的酒招待我。在这里，我们哪次进饭店酒不是剑南春、五粮液，茅台也没少喝哪！

我了解介一，他一点都不吝啬。我和介一已相处多年了，说我是作家，其实也就在省城一个区的文化馆写点宣传材料小戏什么的。介一也爱好文学，常来向我讨教，我也不客气地对他的作品进行点评，有时把他批得狗屁不是，但他总是心悦诚服。他还经常从我这里借书看，倒不是他不愿买书，而是我有买书的喜好，什么书我这里都能找到，他也就不用去费那个心了。在一起聊文学，然后随便去一家小饭店喝酒，大多是他买单，我要付钱，他就说，你我之间不要分得那么明，我所有的书都是从你那儿拿的，而且省了多少买书时间，不是钱吗？还有你对我创作上的指导，那是钱买不来的。后来，我也就不再和他客气了。有一次我父亲病了，需做手术，一下子拿不出那么多钱，只好找介一，他二话没说，拿给我两万块。

尽管介一为人低调，他在省城是一个大公司的老总还是被好多同学知道了。这次，两年一次的家乡同学聚会，有几个同学闹着非得让介一做东，介一就不好不参加了。这天，同学们聚在家乡的一家酒店，介一来了，大家互相问好，握手寒暄，交换名片。几年不见，很多同学都有不少变化，事业上也有不少长进，虽然没有特别的大官，但名片上挂着局长、科长、校长、总经理、秘书等头衔的还是有不少。我一看，介一的名片上却写着：你的同学／介一。没有打任何头衔。

宴会前是同学挨个发言，轮到介一上台，他刚说了一句大家好，就双手捂着脸，把头埋在讲台上。大家不知他怎么了，接着听到好像是抽泣声，继而他哇地一声大哭起来，哭了好一会儿，他才抬起头来，擦擦眼泪说：其实，我这次来，就想在同学们面前大声哭一回，不为别的，只为自己受的委屈太多。大家也许认为我是成功的，可成功的背后，有多少辛酸和苦痛？因为很多事不能像同学间那样去相处，很多苦也不能像同学间那样去叙说，只能一个人，咬牙去扛。我也知道，我们都长大了，要面向人生，不可能停留在校园美好的回忆和少年的纯真之中，但是，真的，我向往和怀念我们相处的那段少年时光。虽然我们也许说是成熟了，但希望我们依然怀有那份少年情愫……由于人生的目标不同，我们的经历、职业也就不同，但我想说，不管钱多钱少，职高位低，我们永远是同学！

介一的话博得大家热烈的掌声，有几个同学情不自禁地相拥而泣……

# 最高学位

　　澳星电视台招聘节目主持人已接近尾声了，录取名额 4 个，有 10 名入围者进行最后角逐，已有 3 人入选，5 人被淘汰。还有 2 名选手，实力大体相当，只是一个是研究生学历，一个是普通本科。9 名评委已有 4 名同意选那位高学历的，另有近半数人倾向于低学历的选手，认为他表现得更自信。

　　这时，一直沉默不语的原教授说话了。原教授德高望重，年轻时是著名节目主持人，这种情况他倾向于谁将起决定性作用。

　　原教授没有急于表态，而是出人意料地讲了一个故事。

　　暑假时，原教授去一个小镇的朋友那里度假。那天他和朋友到镇上溜达，恰好碰到一个小艺术团来这里演出，地点就在镇中心的小广场上。朋友以为原教授见惯了大场面，对这样的演出是不会驻足的。没想到他表现出浓厚的兴趣，边看边说，别小看民间演出，很多艺术都是从民间萌生的。

　　突然发生了一个意外，一个女歌手正在唱歌，一个傻子跑到台上，捧着一朵不知从哪儿捡来的脏兮兮的塑料花。观众轰地大笑起来。

　　这个女歌手没有舞台经验，一时不知如何应付，往一边闪了闪，自顾自地唱着。傻子站在舞台上，呵呵地笑着。

　　此时，主持人就站在舞台的一角。在这尴尬的时候，他走了过来，微笑着接过了塑料花，握着傻子的手说："谢谢这位朋友，谢谢这位朋友！"原教授由衷欣赏这个年轻人的应变能力。

　　傻子得到夸奖，得意地跑下台来。

没想到的是，当那个女歌手再次上台的时候，傻子又跑了上去，捧着一大束刚采来的野指甲花、鸡冠花。

观众又一次轰地大笑起来，傻子则在台上手舞足蹈。有人打起了唿哨。

主持人上前来，示意歌手接过鲜花，他则面对观众说："这是真正的铁杆粉丝，他将给我们的歌手很大的鼓励！"他还拥抱了一下傻子，似乎对傻子耳语了一句什么。傻子乐呵呵地跑下台来。

演出继续进行。傻子再没有上台去，而是安静地在台下看着，直至演出结束。

原教授感觉这是个有智慧有修养的主持人，对傻子似常人一样的尊重，没有一点讥笑的成分。但如果傻子一而再、再而三地上台，会严重影响演出效果，使演出变成一场闹剧。

他很想知道主持人是如何使傻子不再上台献花的。于是他向后台走去，想解开这个谜。这时主持人和他擦肩而过，他还没来得及和他打招呼，他已走到傻子身边，牵着傻子的手，向马路对面走去。原教授更加好奇了，就跟在后面。

只见他们进了一家小餐馆。

原教授顾不上冒昧，作了自我介绍，对他的主持表示嘉许。年轻人的脸微微泛红了，他说自己今年刚大学毕业，主持节目还不成熟。

当原教授问他，他用什么方法使傻子没有再上台时，他说，我在他的耳边说："送花只送一次就够了，送多了会被人笑。听我的话在台下听歌，结束了我请你去吃好东西。"

原教授震惊了，因为他完全可以骗过傻子，保证正常演出就行了，演出一结束也就没事了。

他说："人要守信，一个主持人，要对观众负责，尽管他是傻子，我还是要兑现我的承诺，否则就是欺骗。"

原教授讲完了，大家都对这个名不见经传的年轻主持人表示赞许。原教授说，这个学历低的选手就是我在小镇上遇到的主持人。

大家一会儿窃窃私语，一会儿热烈讨论，最后竟一致通过这位学历低的选手入选。

两年多后，年轻的主持人偶尔得知自己被录取的内幕，专程到原教授家去拜谢。原教授说："对人生来说，爱是最高的学位！你自己做出了最好的答案，不用谢我。"

# 祖父的酒壶

　　我家里有一个很旧的军用水壶，水壶是我祖父留下的，他很爱喝酒。祖父是个鞋匠，每天出去，都不忘把一个军用水壶往腰间一挎，那里面装着酒。他干活歇息的时候，就从口袋掏两个花生米嚼着，喝一两口酒。

　　说起来，祖父在伪县政府当过差，其实也就是个勤杂工，主要负责扫地。有个国民党勤务兵和祖父很谈得来，两人经常在一起聊天。那个勤务兵调离时送给他一个军用水壶，祖父当宝贝似的收着，后来就成了他从不离身的酒壶了。伪县政府倒了以后，祖父就在城里学了鞋匠的手艺，摆了个修鞋摊。祖父晚上回家，带个咸鸭蛋，就是下酒菜。我和弟弟看着咸鸭蛋，直流口水。祖父就说，想吃吗？这是下酒的，想吃得喝点酒。说着就把军用水壶递到我们面前。我们只用舌头在壶口舔了一下，直觉得很辣很辣，祖父就用筷子挑一点点鸭蛋给我们吃。

　　那时村里人都很穷，祖父因为在县城修鞋，日子过得显得比别人滋润些，这引起了一些人的忌妒。"文革"期间，村里要批"地富反坏右"，有人就把祖父在伪县政府当过差的这桩历史翻了出来，他就成了批斗对象，补鞋工具被砸了，说他修资本主义的鞋，过着资产阶级的生活，整天喝酒！批斗会上，祖父腰间的酒壶，被造反派一把拽下，踩得扁扁的。

　　晚上祖父摸到开批斗会的地方，在土沟里找到了酒壶。回到家，他用一节钢筋从壶口伸进去，把瘪了的地方弄鼓起来，最终酒壶被弄得疙疙瘩瘩的，像个大蛤蟆似的。祖父照例灌了点酒进去，狠狠喝了一大口，然后把酒壶收了起来。

　　那时，祖父喝的都是打来的散装酒，多是6毛钱一斤的"山芋干酒"，最好的是 8 毛一斤的"高粱酒"。后来，父亲到乡中学当了教师，母亲在家种地，农植物也是年年丰收。生活好了，我们家不再买散装酒了，经常喝家乡产的名酒高沟、洋河、汤沟等。酒的包装也越来越漂亮，但祖父还是习惯把酒倒进那个军用水壶喝。有一次祖父说，听说茅台酒很好喝，不知到底是什么滋味？我说，等我长大了挣钱，一定买一瓶给您尝尝。

但祖父没有等到这一天。他临终前从腰间摘下酒壶，递我到手中，说："把这个留下，想爷爷的时候，就为爷爷斟两口酒……"

后来，我到广州工作，工资不低，去年我的一篇科技论文还得了行业大奖。我买了两瓶茅台，春节回家时带了回去，刚一打开，那醇厚的芳香满屋四散。父亲抿了一小口，连夸好酒，真是难得一尝呀！突然，父亲沉默了，望了望墙上的那个旧水壶，说，可惜，你爷爷没能喝上这么好的酒。他取下酒壶，倒了些茅台进去。我和父亲来到祖父的墓地，虔诚地向祖父敬了三杯酒。我们告诉他，我们赶上了好时代，过上了好日子。

但我还是常常想起祖父的那只破军用水壶，怀念那里面飘洒出的淡淡酒香。回忆是为了珍惜，往事是我们心灵的养分，每当想起逝去岁月里那辛酸的一幕幕，我会倍加珍惜来之不易的每一点幸福。

# 唱歌的冰棒

　　我在《家庭》杂志做记者时，同事去河北采访，回来向我讲了一个企业家的故事。

　　企业家出生在冀北一个很偏僻的农村，家家都很贫困，连炊烟都是瘦的。他的妻子是个贤惠、勤劳的女人，不幸的是，30岁那年患了不治之症。临终前的那些日子，几天吃不下一口饭。这一天，妻子张了张嘴，说她想吃东西。她已经几天粒米没进了，嘴唇都干得起了泡。他问妻子想吃什么，妻子说想吃冰棒。他大步跑出家门，直奔小镇，到镇上才明白，根本没有卖冰棒的。那时，冰棒在城里已不是稀罕物了，可在这里，吃冰棒还是奢侈的享受，小镇上没有一家卖冰棒的，更别说冷饮店了。冬天孩子们常去敲河里的冰，把冰块捞起来当冰棒吃。

　　当天开往县城的唯一一班客车已在早上开走了。他顾不上多想，立即回来跟邻居借了辆自行车就往县城赶。

　　到城里他买了两支冰棒，装进塑料袋，又用一截破棉裤腿严严实实地裹着，放到包里，然后把车轮蹬得飞快。可是，待他赶回家里，妻子已闭上了双眼。而塑料袋里的冰棒也已化成了水……

　　企业家讲到这里，泣不成声。妻子是个淳朴的女人，从认识到结婚从没主动跟他要过吃的东西，包括生病期间。

　　妻子死后，他悲痛地离开了家乡，到城里先是贩鱼，后来开了个水产品批发部，经营不断扩大，成立了水产品开发公司。

　　那年夏天，他走在街上，看着一个母亲和一个孩子，手里各拿一支冰棒，脸上荡漾着甜美的笑容。想起妻子临终竟没能如愿吃上冰棒，他心如刀绞，走到一个冷饮摊前说，箱里的冰棒我全包了。他给了押金，叫了辆车，来到妻子的坟前，把一箱冰棒一支支插到妻子的坟上。冰棒在烈日下融化了，他看着是一滴滴泪，浸湿了坟土……

以后，每年夏天，他都要去给妻子上坟——运去一冰箱的冰棒，插在坟头。接下来发生一件意外的事。这一年夏天，企业家又来为妻子上坟，往坟上一支支插着冰棒。

这时，他好像听到身后有一点儿声音，转过身，一个小男孩怯生生地站在那儿。他似乎不认识，问，你是哪家的孩子，来这里做什么？孩子说，叔叔，我想吃一支冰棒……

他愣住了，没想到孩子会提这个要求。把祭品给孩子吃真是个罪过，他真想立即为孩子买来最好吃的冰棒！但现在也只好如此了，他连忙把手中的冰棒给了孩子。

他问孩子，好吃吗？孩子说，好吃，又凉又甜。他问你平时吃过冰棒吗？孩子说没有，我们这里没有卖冰棒的。他说告诉我你家是哪里的，下次叔叔回来给你带更好吃的雪糕。小男孩用手一指——正是企业家那个村子。企业家震撼了！他没想到，现在家乡的孩子仍没有冰棒吃。要知道那已是 1997 年。

回城后，企业家把自己的公司转让了，用所有的资金在家乡办了个冰棒厂，他要让家乡的孩子、家乡的人在炎热的夏天都能吃上冰棒！

由于他是怀着这个愿望办厂的，因此产品的质量上乘，价格却十分低廉，很快打开了市场，企业不断壮大，由起先的小冰棒厂发展到了生产冰激凌、雪糕系列冷饮品的大型企业。

企业家不但实现了家乡人人都吃上冰棒心愿，还充分解决了当地富余劳动力的就业问题，受到了当地群众的拥戴。那个向他要冰棒吃的小男孩如今已是厂里的技术骨干，企业家和他的企业都在这里深深地扎下了根。

夏天你来这里，常听到冷饮厂的年轻人上下班时唱着这样的歌儿：

我们是快乐的冰棒

盛夏带给你一片清凉

烈日下看到你舒展笑容

我们的心情像风一样……

# 菜花黄时

去北京以前，小散除了在电视上见过电梯，还没有见过真的电梯。

小散本来是在乡里纸盒厂糊纸盒的，挣的钱少得可怜。在北京打工回来的姨姐说，节后跟我去北京打工。

简单收拾一下行李，小散就随姨姐坐上火车来到北京。

第一次乘电梯，是在华联超市，人像飘上去似的。小散想城市的人不是太懒，就是太累，要不怎么连爬楼梯的力气都没了？

小散的工作很简单，就是照管一栋楼道的电梯，住就住在一栋楼下的地下室里，一间，但住一个人足够；虽然有些潮，但冬暖夏凉，倒也不错。就这样小散当起了电梯工。

刚开始的时候，有个老太太住在4层，老太太说4层，她就按了10层，老太婆只得重复是4层是4层。一次、两次后老太婆终于发现小散方言太重，4、10不分。于是乎，老太婆再进电梯时，就朝小散伸出4个手指，弄得小散很羞愧，她想俺得改变自己的命运，从今天开始练习4是4，10是10，14是14，40是40……

住户们发现，一直脏兮兮、散发着怪味的电梯变干净了，四壁露出了本来的亮色，那些乱七八糟的字画也被仔细擦掉了。大家都夸小散干净勤快。

小散看电视上很多电梯并没有电梯工，就弄不明白为什么这里的电梯需要电梯工，谁上电梯自己按下键不就行了么，还偏要找个人来帮着按，城里人真是懒到顶了。后来才明白，电梯工可以保护电梯，对进电梯的人有监视作用，如禁止搬超重或易损坏电梯的器物进电梯等。同时有的老人和残疾人行动不便，有的孩子太小，可以得到电梯工照顾，也安全些。

这里就有一个老人，摇着轮椅，小散每次都扶他进电梯，再把他送出来。

地下室有4间，除了小散还有另外一个电梯工和两个保洁工、一个老花工。保洁工是两口子，女的精神好像有些问题，和小散说话时小散能感觉出她的呆滞来。老花工很老了，看上去比花园里的草还孤苦伶仃。小散和他们共用一个厨房，每天都做些便宜但可口的饭菜吃。经常见面，不久就熟识了，大家有说有笑的，那个老园丁还会和那个保洁工的老婆说着打情骂俏的笑话，男的也不生气。小散觉得生活不是那么沉闷了。

但也有不愉快的事。有的人醉酒了，进了电梯就吐。但小散是个性子很好的人，总是不等保洁工来，就及时把污迹清理了。还有一次，有个男的喝醉了，电梯门关上后，竟然过来抱她，被她不客气地给了一巴掌。

有一次小散从楼道里捡了个花盆，她让家里给她寄了一包菜籽，挑了几十粒粒大饱满的种了下去。过了些日子，果然发出芽来，小散兴奋得像见到了亲人。

尽管小散是个很称职的电梯工，但小散不怎么喜欢电梯，也不怎么喜欢北京，这里离田地太远。家乡的春天一大片一大片的油菜田很辽阔很茂盛，开花时连空气都是香的，小散喜欢坐在田边唱歌。

花盆里的菜苗在小散的精心照料下长大了，郁郁葱葱的，很是硕壮。小散把花盆带到了电梯里，立即感觉到电梯间弥漫着青青的田野的味道。

有时候，小散觉得，生活就像一块大石头，硬硬地死死地把你压在最底层，像一栋没有人情味的大楼那样。虽然苦闷，小散倒还不至于悲观，她觉得总有那么一个电梯，一个神奇的电梯，一个微笑的电梯，一个长满绿苗的电梯，倏地，就把你带到楼顶上去，把你带到生活的顶端去，看到日月和星空。

经常，小散，一个朴实的电梯工，走出电梯爬到楼顶上去，朝远处看去，就好像看到了家乡，看到了一望无际的菜花的金黄。

# 童年的歪房子

　　他是一名桥梁专家，他设计建设的著名的大桥已有 20 多座。可小时候他是个线条都画不直的人。谈起自己的成长经历，他说，多亏我的爷爷，我才没有自暴自弃。

　　他的父亲去世早，母亲改嫁，他自小跟着爷爷生活。爷爷是个老邮差，退休了以后又照管着一大片鱼塘，是村里最勤劳的人。

　　他上小学时，成绩一般，除了数学，其他功课很少拿高分，但爷爷从没责备过他。

　　一次图画课，老师布置每人画一个自己理想的小房子。他构思了一番，他想要那种房顶有小窗户的小房子，阳光可以把室内照得通亮。他很满意自己的想法，埋头认真画了起来。可当他画完最后一笔，仔细一端详，才发现小房子画歪了。一摸文具盒，橡皮已用完了。同桌凯林又是个小气鬼，平时跟他借什么都不借，他也懒得向他开口。眼看快下课了，重画已来不及了。他突然灵机一动，在小房子歪了的那一侧的墙上画了一根树棍顶着。他歪了歪脑袋看了看——这下小房子该很牢固了，颇为得意，交作业时还偷偷做了个鬼脸。

　　可是，下一堂美术课的时候，老师举着他的图画本对同学们说，看，这就是他理想中的房子。那歪歪的房子和顶着的树棍顿时引来哄堂大笑。

　　他想解释，可老师打断了他，训他是有意捣乱，让他重画一幅交上来。

　　散学后，他闷闷不乐，爷爷问他发生什么事了。爷爷一向对他和蔼可亲，他很信赖爷爷，便把自己画歪房子受到老师批评的事讲了，还伤心地哭了。

　　爷爷说："孩子，别哭，我觉得这件事你没什么错。

　　"我小时候，什么都笨，最可笑的是连一笔字都写不好，笔画都是弯曲的。老师说我的字像蝌蚪，常受批评，当然还有同学的嘲笑。可是，我却能认识很潦草的字。有一次，老师拿着另一个字也写得不好的同学的作文，问，这些都是些什么字，你们认识吗？我举起手说，老师，我认识。老师说，你认识？给我起来念一遍。我真把那同学的作文一字不错地念完了，但老师并没有表扬我，说我和那个同学是煳木头归一堆。

　　"毕业后，我当上了小镇邮局的邮递员。你知道，写信的人字迹多种多样，难免有潦草的，甚至很难辨认的。我能辨认潦草的字，可帮了我的大忙，从没有误投过一封信。为此我成了小镇上最受欢迎的邮递员。

　　"画房子画得漂亮当然再好不过，但是，你画歪了，画了根木棒顶着，倒是很有意思的事，爷爷我也是头一回听说呐。就像画一个伤员，再添上一根绷带，倒很贴切呢。

　　"再说，某一方面不擅长不等于自己所有的都不行。你看，我退休了以后，又养起了鱼，我们天天有鱼吃。写不好字并没影响我做个出色的邮差和养鱼人。"

　　听了爷爷的一番话，他的心情好多了。原来自己不是最笨的，歪房子上顶树棍也不是一件很错误的事。

　　后来他一直努力，考上了建筑学院，成了一名桥梁专家。

　　前不久，他承担了美洲一项双向八车道高速越渠公路大桥的设计。渠宽水大，如采用常规的渠上铺架便梁，辅助材料多，投入大，还会影响水渠的泄洪。他反复研究，拿出了渠底铺钢板、在钢板上直接搭设支架的施工方案，大大减轻了工作难度，而且减少了 100 多万元的资金投入。

　　他说，不能说渠底铺钢板就是受小时画歪房子支树棍的启发，但爷爷对我的安慰和鼓励，激发了我的想象潜能，的确使我受益终身。

# 法官杜恩和泰金拉

泰塔村的人最近都在议论着这件事。

风烛残年的寡妇泰金拉病了，孤苦伶仃的没人管。是法官杜恩把她送进了医院，并像亲人一样照料她。不用说，杜恩还掏了全部的费用。

村里人都知道泰金拉年轻时是个风骚的女人，自从嫁到泰塔村就没安分过。说来，泰金拉也是苦命，她是个美人，求婚的小伙子可不少，可父母贪图钱财，硬逼她嫁给跛了一条腿的砖窑主。

嫁过来后，泰金拉老实没几个月，就和村里一个后生偷情了。先还藏着掖着，一次，两个人在一起被砖窑主捉住了。后生被砖窑主砸了一砖头，跑了。泰金拉被砖窑主揪着头发，拳打脚踢。不过，她一点没哭。真是个倔女人。

后来，她干脆公开偷人了。不但和那个后生，还和另外两个男人好着，其中一个是长得很丑的劁猪匠。她在村里的名声无疑坏透了，都说她是骚猪、母狗。

砖窑主在一次砖窑塌方中死了，泰金拉没有再嫁，风流的本性却没改，只要村里有想她心思的男人没有不得手的。

泰金拉风流成性，却一直没有生育。老年的泰金拉，孤苦伶仃。那些和她苟合过的男人都风一样散去了，她卧病在床，竟没有一个人来探望。

多亏法官杜恩有颗菩萨心肠来拯救她。人们都知道杜恩是个好人，自小到大从没做过让人说出不是的事来，当了法官后，更是公正地办了不少案子，受人尊敬。

杜恩也是个近60的老人了，但腰板挺直，头发浓密，在人们看来，他一直是一棵挺拔的大树。只有杜恩自己知道，如果把这棵大树剖开，就会露出岁月深处的伤疤。他想起偷过面包店的一块面包，想起偷砍邻居家的一棵竹子做鱼竿，他还想起了泰金拉。

那时杜恩还是个后生，或许只能算是个少年。村里关于泰金拉的传闻他当然知道，但以前没有往深处想过。这是个星期天，他在家看了一本小说，里面有个情爱的章节，使他感到有一种渴望。他巧妙地打听到砖窑主出远门送货了，晚上，他摸到了砖窑主家。他家和砖窑主家不过几十米远。

果然，泰金拉听见敲门声，没有迟疑地开了门。一看是他，倒愣住了，但她还是让他进来了。

他的心咚咚乱跳，嗫嚅着："我，我……"

泰金拉穿着连衣裙，可能刚沐浴过，头发湿湿地披在肩上，漂亮的脸蛋在灯光下显得比平时更柔美，以至使他忘了她和自己年龄的差异。

她看到了他的眼神，脸竟红了一下。她给他倒了一杯水，说："孩子，你渴了吧，喝了这杯水。"

他没有接杯子。他想靠近她。

她说："我是个不值钱的女人，你知道我和村里很多男人都有那事。可是你不一样，你是个有出息的人，别让我玷污了你。"

他被她的话说得愣在了那儿，手足无措。

"快走吧，孩子。记住，你从没来过我这里。"

她关上了门。那个夜晚就这么过去了，没有一点痕迹。在别人心目中他一直是个懂事守规矩的孩子，直至考上了大学，成为一个正直的法官。

工作不久，他就谈了个女朋友，是个漂亮的姑娘，也是学法律的，和他是同事。

一直，他都记得她说的"你是个有出息的人"。

不能想象，如果，当年她真的满足了他，那么他日后会感到多么的羞辱，心灵的霉斑又会扩散到何处？是她使他懂得了自爱，是她使他认识了人的尊严和崇高感。

泰金拉半身不遂，在她生命的最后时刻，杜恩一直尽心照料着她，喂汤喂

药，搀下扶上。医生说，杜恩法官真是个难得的好人呀！

　　泰金拉安详地去了。葬礼上，杜恩在她的额头庄重地吻了一下，心中默念：让上帝宽恕你的过错吧，你是个圣女！

　　是的，泰金拉也许是个放荡女人，可当年她对杜恩的拒绝却是很高尚的道德。

# 保姆阿珠

阿珠来这个城市五年了，她虽然多少也算有点文化，可高中学历在这年月里有什么用呢？起先在工厂打工，干的都是又苦又累的活。后来结识一个做保姆的老乡，她说做保姆虽然工资不高，可毕竟吃住不愁。阿珠爱好看书，可在工厂里整天累得散了架，晚上回到宿舍，哪还有看书的闲情，于是阿珠便选择了做保姆这一职业。

阿珠经人介绍到林姨家。林姨快 60 岁了，老伴 10 年前就去世了，有个儿子住在厂里，很少回来。林姨最近突然变得痴呆呆的，走路也不稳，吃不下睡不好，医生说是轻度忧郁症。阿珠每天扶着林姨出去晒太阳散步，和她聊家常。

林姨的精神愉快起来，大脑也清醒了许多，给了阿珠 100 元奖金，还送了一套衣服。林姨还对她说："我没有女儿，你就把这当成自己的家吧。"林姨性情温和，阿珠也把林姨当亲人一样看待。

一天晚上，阿珠帮林姨洗完澡，准备扶她进屋睡觉，楼道里响起了一阵嗵嗵的脚步声，门被砰的一声撞开了，进来的是一个 30 多岁满脸胡子茬的男人，他瞟了一眼站在门边的阿珠，径直走进了另一房间。林姨神情沮丧地说："玉玲，他是我的儿子大宽，唉……"又拉着她走进厨房指指自己的脑袋小声说："大宽这里有问题，这么大了还没成家，厂里只给了间单身宿舍。唉，最近又下岗了……"林姨的话还没说完，房间里就传来了大宽的喊声："喂，那个新来的'阿姨'，快给我做饭吃，我饿坏了！妈，怎么搞的，我的床单为什么没换？"

自此后大宽一天到晚手里拿着酒瓶躺在厅里的沙发上看光碟，经常看到晚上两三点钟，睡到第二天中午才起床，一起来就喝酒，整天喝得烂醉。还隔三差五的约一些狐朋狗友来家里打牌，输了钱就向母亲要，不给就叫嚷。阿珠真不想在他家做下去了，但看到林姨已经被儿子欺负得够可怜的了，自己一走，林姨身边连个照应的人都没有，心就软了。再想想大宽，都三十好几的人了，连个老婆也没有，也怪可怜的。

林姨告诉阿珠，大宽脾气原本不是这样，中专毕业后在工厂谈了个女朋友，人挺漂亮，后来这姑娘和厂长的儿子谈上了，就和他分手了。自那以后，大宽就再没谈成女朋友，脾气就变得坏了。阿珠听了也是百感交集，对人宽也理解了许多。她总是不声不响地帮大宽把房间收拾得干干净净的，还经常给大宽沏上一杯热茶。

过了几天，大宽又回来了，一进门就说他要卖房子，要母亲拿出房产证来。林姨不应，他吼道："我找不到工作，要弄点钱做生意！"林姨说你是不是疯了？大宽竟掏出打火机，打着举到母亲面前叫道："反正我已经豁出去了，不给房产证我就把这房子烧了！".林姨气得双唇发抖，阿珠冲过来使劲推开他紧紧抱住林姨，"你母亲血压高，你怎么能这样对待她！大宽，你还像个人吗？"平时，阿珠总是叫他宽哥，这一声大宽使他产生一种异样的感觉，大宽悻悻地收起了打火机。

时间长了，大宽似乎温顺了许多，看阿珠的眼神好像都变了。牌友们散去后他就躲到自己的房间一言不发。有时林姨外出时，屋里只有他和阿珠两个人，竟感到很不自然。有一次阿珠到他的房间给他倒茶，他顺势握住阿珠的手说，阿珠，做我的媳妇吧。阿珠红着脸跑开了。

林姨的身体完全康复了，阿珠提出回去一段时间。走时她留下一张纸条，让林姨交给大宽。

大宽拿起阿珠留给他的纸条，上写道：一个对自己母亲都不好的人怎么会对媳妇好呢？什么时候你从内心对你母亲好了，我再回来。

大宽抱着头蹲在地上，好久没有起来。

# 暖 冬

　　伊萍走在下班的路上，初冬的晚风已有点寒意，她不由得把丝巾紧了一下。

　　当她走到离家不远的一个巷子时，突然看到一个老人，在打网球。可这一幕却在她心头引起了细微而又强大的波澜，甚至说是震撼。那是个怎么样的打法呀——一个老人，没有搭伴，他把网球往墙上打，球从墙上弹回来，他再打回去，就这么依靠墙的反作用进行运动。而这个老人正是自己的公公。

　　伊萍不禁想起昨天和阿度的一场争执。他们家里养了一条狗，虽说是普通的家狗，但它听话、机敏、活泼，伊萍和阿度都很喜欢。有时伊萍和阿度吵架，它会跑过来，叨叨这个的衣襟、那个的衣角，想把他们拉开。

　　广州的冬天不冷，事实上只相当于内地的深秋。但广州人还是要把它当冬天过的，照样穿羊毛衫、棉袄，穿羽绒服、戴手套。进入初冬，天气转凉了，伊萍看到街巷里跑着的狗，穿着主人缝制的各种各样的保暖小衣服，觉得很有趣。于是，她回家也找出一件旧衣服，给自家的狗缝制一件橘红色条纹的保暖服。

　　就在她缝制的时候，阿度问她在干吗，她说天冷了，给狗狗做一件衣服。阿度立即咕噜了一句，无聊。见阿度冷冷的脸色，她问，你这是什么意？阿度说广州的冬天根本不冷，有必要吗？她说，什么叫有必要和没必要？我看人家好多人家都给狗狗穿了。阿度说，狗有天然的抗寒能力，即使在北极的狗也没必要穿人缝制的所谓衣服，我看这么做只能使狗的防寒功能退化。就如鸡当年会飞的，可人把它驯化为家禽之后就失去了飞翔的能力了。她立即反驳说，你跟动物学家似的，我看扯得太远了吧，我只知道这显示对狗的爱心。

爱心？阿度不屑地说，我看这是变态，人的无聊娇宠的心理。大街上那么多乞丐、流浪儿我倒没看见几个去献爱心。现代人对同事、朋友甚至对亲人都冷漠，却热衷于向宠物献爱心，我看是莫名其妙。伊萍被激怒了，你什么意思，我冷漠吗？我对同事不友好吗？对你和阿合（他们的儿子）不够关心吗？说着竟抽泣起来了。

昨天自己感到很委屈，可刚才看到的这一幕却使自己一下子清醒过来了，感觉阿度昨天的牢骚有几分道理。

公公早已退休，今年快 70 了，老伴离世已有 10 多年了。自己和阿度结婚后不久就和公公分开过了，他们建的房子就在附近，公公依然住在金笔厂宿舍，彼此不过几十米远。在路上也常碰到公公，但他们去金笔厂宿舍明显少了。阿度曾向她提议过，应该经常去看看老爸。她心不在焉地说，他身体好好的，在路上也经常看见他。

这几年，忙于工作，忙于家务，忙于照看孩子，更是极少专门去看公公了。有时阿度去金笔厂宿舍，喊她也嫌不耐烦。她只想到公公有退休金，再加上他们每月给他的养老钱，生活没忧愁的。今天才看到，一个对着墙壁打网球的人，日子该有多寂寞。

阿度为狗穿衣服和她争吵，也许内心正是埋怨她不关心老人呢。说实在的，自己不是没有爱心的人，可是，就算人们并不乏爱心，可有时候因为狭隘使这种爱变得迟钝了。

一路这么想着，不觉已到家门口了。她没有开门，转回身，到附近的商场买了一件羊毛衫，然后又买了点水果，往金笔厂宿舍走去。

# 老杜爱上海

老杜是东北人，来上海已有二十几年了。

20世纪80年代，土地改革解决了农民的温饱问题，老杜想出来挣钱，一脚就闯到上海来了。为了省钱，白天去工地打短工，晚上就睡屋檐和桥洞。一个姓姚的阿婆看这个小伙子是个规矩人，就把他领到家里去住。姚阿婆是个孤寡老人，只有一间屋子加一个过道。她就让老杜住在过道里。

过了些日子，姚阿婆通过一个邻里给老杜找到了一份送煤的活，一户户送蜂窝煤，每天能挣七八块钱。

那阵子，姚阿婆每天早上都给他煮一大碗热腾腾的开洋葱油面，是姚阿婆使他这个外乡人体会到这个大城市的最初温情。从此老杜就爱上了上海。

老杜送煤一送就是几年。后来，他常送煤的一户人家的先生，帮他介绍了一个看厕所的活，这比拉煤轻松多了。老杜每天把厕所清理得干干净净，使人进去清爽无比。晚上回去，老杜从菜场顺便买菜，和姚阿婆一起做饭。老杜最爱吃千张结烧肉和生煸蚕豆，还学会了喝绍兴黄酒。吃过饭，一老一少坐在弄堂口摇着芭蕉扇子聊天，那真是一段难忘的时光。

可惜，不久姚阿婆因病去世了。因姚阿婆没有子女，街道破例让老杜继续住着姚阿婆的房子。

老杜站稳了脚跟后，把两个儿子也带来上海打工，老杜也不那么寂寞了。

几年下来，老杜也积攒了些钱，在老家盖了一栋楼房，为大儿子娶上了媳妇。

新的区域规划使姚阿婆的老屋和老杜看的厕所都在拆迁范围，虽然老杜也得了一部分补偿，但丢了饭碗。

老杜一无技术二无专长，只好继续到建筑工地当小工，拉砖，拉水泥砂浆。这活累，拿的钱又少。在一处工地上，工程结束，黑心的老板把款一卷，跑了。老杜近半年的血汗白流了。

日子虽苦，但老杜很乐观，从不抱怨什么，整天乐呵呵的。刚来上海那会儿，老婆问，上海好吗？他说，上海好呀，米很香，就是碗老小，一碗两碗总是不饱。

老杜喜欢上海，说上海气派、热闹，更重要的是上海人好。尽管老杜也被人瞧不起，也遭过白眼，这个城市让他流汗，也让他流过泪，但他还是爱它。"总的说来，它不坏。"老杜是这么总结的。是好心的姚阿婆使自己在上海有了家；有一次病了，是邻居为他去叫医生，还熬汤给他喝；每年中秋，都有邻居送月饼给他吃。

老杜在外滩照了两张照片寄回家，孙子见了，说上海的大楼真高呀。老杜说，你爷爷就是在上海盖大楼的。等你长大了，带你来看看爷爷盖的大楼。

老杜常自豪地说，大上海的发展，也有我老杜的几滴汗。

这几年，两个儿子在上海干得不错，挣的钱也不少，二儿子还当上了电子厂的班组长。他们见老杜年纪大了，在工地上干太累了，就劝他回家歇着去，带带孙子，享点清福。老杜也确实有点想家，就回去了。

可是待了些日子，感到浑身不自在。他一不打牌，二不会扭秧歌，日子无趣、难熬。他辗转反侧几个夜晚，最后还是决定来上海。老婆睁大了眼睛，说，你没病吧？这把老骨头还折腾什么呀？

老杜说，真的，我在家待不下，待久了，非闹病不可。

来到上海，巧遇了以前的一个工友，他现在已是一个小区的物业主管，他说刚好他们那里缺个保安，问老杜愿不愿干。老杜一下子愣了，他说我恁大岁数了，行吗？工友说，行。

老杜穿上保安服，感到很精神，仿佛年轻了许多。这回孙子见了他的照片在电话中问："爷爷你当警察了？"他说："不是警察，是保安。"愣了会又说："反正都是管坏事，做好事的。"

有一次一个外地人来上海，问路问到了老杜，那段路地形复杂，说了那人也搞不清，老杜干脆穿过几条弄堂，把他送到了目的地。那人说，还是上海的保安好呀。

老杜很自豪，走了几步，突然转身丢过去一句话："上海更好！"

# 石 匠

　　冯家洼有两个石匠，一个姓贺，一个姓洪。

　　两个石匠门对门，洪石匠是孤儿，贺石匠也只有一个爹。两人一同拜师，学同样的手艺，师成后自然而然成了搭档。在冯家洼一带，只要你看到背着帆布卷儿的两个石匠，不用问准是贺石匠和洪石匠。

　　一副门石，一人一半，凿成后，就像出自一人之手。一对磨盘，一个凿上盘，一个凿下盘，完工了，两个磨盘一合，豁嘴吃甘蔗——正卡。这样，冯家洼一带人家有石匠活，不管需工日多少，请贺石匠必请洪石匠，请洪石匠必请贺石匠。

　　有一日，和贺石匠有点疙瘩的人来请洪石匠没有请贺石匠，洪石匠嘴上答应了，却磨磨蹭蹭不走。那人醒悟了，只好硬着头皮去了贺石匠家。洪石匠这才背起包着锤头、凿子的帆布卷儿。

　　可没人想到这一对亲如兄弟的石匠之间也会闹出矛盾来，原因是贺石匠染上了赌瘾，任凭洪石匠怎么劝就是不听。洪石匠自己和冯大的婆娘好，不知道贺石匠也被这个婆娘勾上了。这女人表面老实乖巧，骨子里却是个水性杨花又贪财的人，贺石匠的血汗钱哪填得下这无底洞，便染上了赌博的恶习。赌又常输，便向洪石匠借。洪石匠劝他不过，只好多少借点给他。对半分的工钱，有个零数也都归了贺石匠。

　　漏屋偏遭连阴雨，贺石匠的爹突患重病。贺石匠身无分文。只好去找洪石匠，想借 5000 元替爹看病。洪石匠汉口气，摇摇头："那么多数，我真的拿不出来。"

　　贺石匠愣了，他没想到洪石匠在关键时刻不帮他。"没钱，纯是鬼话！"——

这话贺石匠没说出口。他一直和洪石匠一起做工，洪石匠有多少钱，他清楚。贺石匠在心里恨洪石匠不够仗义。

从此以后，贺石匠和洪石匠虽在一起做工，但话明显少了。

再后来，两人干脆各干各的活了。

有一回，洪石匠外出做工回来，在半山腰被人用石块砸了后脑勺，掏了工钱，推下了悬崖。被人发现，救了上来，已经不行了。

贺石匠来看洪石匠，洪石匠示意看他的人都出去。他断断续续地对贺石匠说："老兄，我知道你对我有成见，其实我也是有苦难言啊。你不知道，我跟上了冯大的婆娘，她答应我要和冯大离了嫁我。时间久了，我才觉出她只是想诈我的钱。那次大叔生病你向我借钱，我手里确实没有啊——都被那个女人吸去了。这事我又不好对你说。后来，我就再也没有上她的当了。"说着，洪石匠从枕下摸出一个布包，对贺石匠说："这次，我被人下了黑手，其实我身上不过有两月的工钱。唉，人哪！我恐怕活不成了。你我都是孤身一人，上无老下无小，我这点积蓄，你就留下吧。望你千万别再赌了，找个好女人，成个家好好过日子。你我做了多年石匠，却活得不实在，没有石头硬气。望你争口气，活出个人样儿来……"

洪石匠去世后，贺石匠一改恶习，本分地做手艺。后来，娶妻生了子，一家人过得和和美美的。

贺石匠老了，不再替人家做石匠活了。他叫家人把沉沉的一块大石头运到洪石匠坟前，整天在那儿凿打，常到深夜。家人不知他要干什么，劝也劝不住。

一天夜里，贺石匠没有回来。家人找到荒野，贺石匠直挺挺地跪在洪石匠的坟前。再细看，却是一尊石像。

贺石匠手握锤凿，倒在一边。

# 白　莲

村长白士绅的二女儿白莲是大蒲村出色的美人儿。

那年月，穷苦人家的闺女都长得黄瘦黄瘦的，毫无青春气息。白莲就不同了，养得白白净净，粉嫩粉嫩，正如一朵开放的莲花。

尽管白莲不像她的姐姐刻薄刁钻，盛气凌人，可村人对她并无好感，因她有个作恶多端的爹。恶霸的女儿越长得好看越是遭人骂的，人们背后都称她小妖精。

小妖精偏偏和穷寡妇的儿子刘大铁好上了。她爹知道后，自然不让，对白莲严加看管，白莲很少在村里走动了。白村长还常找大铁家的茬儿，吓得大铁的母亲一把鼻涕一把泪地求大铁："铁儿，我们孤儿寡母的，哪能高攀人家。就是娶过来，也养不起呀，还是死了这条心吧。"

大铁就狠狠心把白莲忘了。不久，就娶了村里杜石头的女儿。

日寇兽蹄践踏中华大地，大铁领了一帮穷苦人成立了游击队，打鬼子，除汉奸，骁勇善战，令敌人闻风丧胆。鬼子几次悬赏捉拿刘大铁未果。

那次日本鬼子包围大蒲村的时候，刘嫂已被乡亲们掩藏好了。

告密刘嫂就是大铁正怀上了孩子的妻子的，正是白村长。他在回来的路上被游击队截住掏了口供就一枪给崩了。

全村人都被赶到打谷场上，男的归一搭，女的归一搭；老的归一搭，少的归一搭。人们不知鬼子耍什么花招。指挥官左木对着大家嘿嘿奸笑两声。发话说，皇军爱护百姓，只要忠于皇军，就是良民，皇军是不会伤害你们的。今天，你们只要交出刘队长的太太，全村人就相安无事了。

人们沉默着，回答他们的只有一双双愤怒的眼睛。

"你们说还是不说？"一个副官大吼道。

人们仍是一声不吭。

"激怒了皇军，可是要杀头的！"一个汉奸虎着刀条脸。

几个日本兵把枪栓拉得直响，左木朝他们摆了摆手，阴险地冷笑道："你们不说，可别怪我不客气。听说刘太太怀着孩子，我倒要看看她的肚子究竟有多大了。如你们不交出她来——"他把指挥刀朝女人们一挥，"就将她们的衣服全扒了！"

"畜生！""龟孙子！"人们在心里咒骂着。他们知道，日本人是什么事都做得出来的。

"不说，就给我脱！"左木一声令下，鬼子向女人们走来。

"慢！"这时，白莲从人群中走了出来，声音不是很大但很坚定，红绸缎棉袄把她的脸蛋映得很白。

白莲走到指挥官面前，平静地说："俺就是刘大铁的媳妇。"

人们一下子惊呆了。

指挥官阴险地笑着："把她的衣服扒了，看看是真是假。"

男人们都背过脸去，女人们低下了头。

白莲被鬼子凶残地杀害了。

至于白莲是怎么怀孕的，没有人去探究。大蒲村人也头一回没有把一个黄花闺女怀孕和"耻辱"这个词连在一起。

那些日子，远远近近都传颂着：大蒲村出了一个女抗日英雄。

# 信 缘

这是一个老故事。

老庚是这个小城名声极好的老邮差，为投这封信他已放弃好多休息时间了。

信寄自台湾，收件人英儿，收件人地址是小城莲花街。可莲花街早在解放初期就拆除了，居民迁到哪儿的都有。老庚几乎跑遍小城的大街小巷，也没找到收件人。他询问了户籍警，确证小城现没有英姓。手捏这封"死信"，老庚一筹莫展。突然他眼前一亮：英儿——按中国人的取名习惯，会不会是一个人的小名呢？想到这，他的信心又来了，利用上班时间，走街串巷，打听小名叫"英儿"的人，可找了十多个小名叫"英儿"或"英子"的，都不是收件人。

一日晚餐后，他和老伴闲聊时讲了这件事，叹口气说："唉，人家寄件人还不知如何着急呢！"老伴道："哎，你不能按寄信人的地址和姓名给人家去封信问个详细吗？看收信人姓名和地址有没有弄错？"

"这倒是个好办法。"老庚呷了一口茶，"想不到你老太婆头脑比我灵光，这事明儿就办。"

第二天，老庚就向台湾发了信。

寄件人傅先生很快复了信。信中说，他的父亲几个月前仙逝了，临终前留下遗愿——将骨灰运回大陆安葬。但他们傅家在大陆无一亲人，来大陆安葬似有不便和不妥。唯一知道的是父亲在大陆时和莲花街一首饰匠的女儿有一段情缘。遗憾的是父亲临终前却怎么也记不起她的姓名，只记得她的小名叫英儿，还恍惚记得英儿左脖颈上有一月牙形胎记。父亲嘱他尽力找到英儿，以了却夙愿。傅先生在报上登了几次寻人启事，都无效果，最后又怀一线希望，投书一封。

老庚被傅家一片诚心所动，他决心尽力找到英儿。

过了些日子，傅先生接到老庚来信，说已打听到了英儿的下落……

傅先生很快和英儿取得了联系。不久，他就携妻女来到小城。精神矍铄的老太婆英儿热情接待了傅先生一家。傅先生吐露了欲在大陆认亲的心愿，老人爽快地答应了。

选一个吉日，傅先生和妻女随英儿来到郊外的一块向阳坡地安葬了父亲的骨灰。

回台前，傅先生送英儿一大笔钱和两副玉手镯，都被老人婉拒了，她只收下一对宝岛椰雕。

傅先生还专程到邮局谢了老庚。临别，老庚赠给傅先生两盒《中国民歌》磁带。

"岁月无情啦！傅先生和他的先父大概不会想到，英儿早已不在人世了。"送走了傅先生，老庚发出沧海桑田般的感叹。

"这回也算帮你做了桩善事。"老伴抹去左脖颈上特意到美容院做的月牙形胎记说。

# 古 陶

自从这个古老的小村被定为民俗村成为旅游点后，便一改往日的宁静，热闹了起来。

这天，窄窄的石板道上驶来一辆黑色丰田，走下来一群日本人。他们被小村古朴的风光和奇异的民俗所吸引，这里指指，那里点点，不断发出赞叹声。

日本人在一座竹篱小院前停下来，其中一个举起相机，"咔嚓"把小院摄入了镜头。小院里的老婆婆已是古稀之年，她穿一身青灰色的土布衣，岁月的风尘把她的脸熏染成灰黑色，神态平静而安详，仿佛是置于这幽深小院一件古老的陶器。日本人叽里呱啦说些什么她听不懂，也不想听。她似乎对他们没有好感。

这时一个翻译进来说日本人想到屋里来看看。老婆婆怔了怔应道："进吧。"

日本人兴趣浓厚地观看土楼的结构和室内的陈设。一个小个子的目光停留在后墙的香案上——他被一个古陶罐吸引了。征得老人同意，小个子把陶罐捧在手里端详着。陶罐呈扁圆形，青灰色，上面盘旋着两条腾龙，灵动传神，古朴稚拙。小个子的手在罐体上摩挲着，久久舍不得放下。老婆婆不明白这个日本人何以对旧陶罐感兴趣。

小个子咕哝了一句什么，翻译问老人这陶罐卖不卖。老人想了想，摇了摇头。小个子掏出厚厚一沓人民币，翻译说如果愿意的话，这些钱就全归你啦！老人仍摇头。小个子又从白胖的手指上抹下两只金戒指，老人的头摇得更加坚定。

一些村人围了进来。有的就劝，卖了吧，卖了吧，留着那旧罐有什么用；有的说好多钱哩，可砌一宅新屋呢；有的说存银行怕利息也花不完哩……可老人显得很固执。有几个知情的长者便赞老婆婆有骨气。他们忘不了老人的丈夫当年是被日本鬼子活活烧死的。

正在小个子无可奈何之际，老婆婆平静地指着同来的日本女子说："用她来换！"小个子听了翻译，心想，这老太婆是神经有问题，还是故意刁难？一件古董，能用一个大活人换吗？村人哄地大笑起来。过了一会，日本人也笑了。原来，老人指的是小个子太太身上穿的漂亮典雅的和服。

小个子转身对司机哇啦了几句，丰田一溜烟驶出了村。

一个多时辰，轿车返回。司机下车后，日本女人上了车。不多会，车门打开，日本女人换上了一身艳丽的中国套裙，来到老人面前，用标准的日本礼仪弯腰低首托着叠得整整齐齐的和服请老人收下。

老婆婆这才把陶罐捧给日本人，身后响起一阵掌声。

# 复　杂

　　谢教授最近有点闷闷不乐。原因是这么两件事：

　　谢教授家本来是保姆买菜的，谢教授退休后为了多走动走动，就承担了买菜的任务。这第一件事和买猪肉有关。谢教授常去一个女人的摊位买猪肉。既不是这个女屠夫长得有几分姿色，谢教授图个眼福，也不是谢教授和她熟悉，照顾熟人生意。女屠夫不像那些男屠夫健壮肥硕，而是瘦瘦的，看上去很弱小。以前在学府里谢教授从没想到这样的形象会和屠夫联系在一起。谢教授一向同情弱者，感觉这么瘦弱的女人站肉案子真不容易，就奔她的摊位买肉。谢教授喜欢吃肥肉，但他的性格即便是买肉也用不上挑肥拣瘦这个词。那天，谢教授指着一块肥多瘦少形状不怎么规则的肉说，给我吧。女屠夫麻利地把肉扔到秤盘上，说，这个给你便宜些，算 10 块一斤。广州的精肉价是 14.50 元一斤。

　　第二天又去买肉，女屠夫指着两小块看相不佳的肥肉对谢教授说，还便宜些给你。谢教授并不贪图便宜，但他不好意思拒绝，就要了。第三回又是如此。这以后，谢教授来到肉摊前，女屠夫连问都不问，就把那下等的肉往秤盘上拾。

　　谢教授感觉不是回事了。

　　谢教授在大学教的是逻辑学，女屠夫分明使用的假言推理：买便宜猪肉的都是穷人，谢教授买便宜猪肉，所以谢教授是穷人。想到这里，谢教授恼怒了，虽然女屠夫每次都对他笑盈盈的，回味起来，那笑容分明是施舍式的。没想到好心反而会被人看轻，谢教授觉得在女屠夫面前丢了尊严。

　　第二件。谢教授家里过些日子就要处理些废品，旧报刊、废纸、易拉罐、酒瓶、酱油醋瓶等，谢教授没事就溜达着顺便拿到废品回收站去卖。谢教授住的雀笼弄住有很多外来人口，大多是打工的。这天谢教授又出去溜达，一手提一个袋子，一个袋子是纯粹垃圾，一个袋子是可回收废品。谢教授正往垃圾桶走去，一个妇女同她打起了招呼："扔垃圾呀。"这个妇女也住在雀笼弄，谢教授面熟，但从未说过话，她丈夫好像是个泥瓦工。谢教授笑答："是呀。"妇女指着那袋可回收垃圾说，这个给我吧，扔了可惜。她当那也是谢教授要扔的。谢教授不好意思说我也是拿去卖的，就给了她，把另一袋垃圾扔了。第二回，谢教授去卖废品，又碰到了那妇女，她又将他的废品要了去。谢教授觉得不对头。倒不是他在乎那点废品，而是这么一来，他好像专门为她送废品了，当然不合理。谢教授想了个办法，再去卖废品时从弄堂另一端出去，绕道而行去回收站。卖自家的废品，倒像是做贼似的。

谢教授总结，那妇女也分明是假言推理：废品不值钱，富人都把废品扔了，谢教授是富人，所以他的废品也是拿去扔的。

两个女人，一个把谢教授当富人，一个把他当穷人，可都叫他不舒畅。当然相比而言，要废品的妇女倒叫他觉得舒畅些。但谢教授又想，把自己当穷人就发怒，当富人就高兴了，这分明是很俗气的表现嘛。

其实，这两件事在别人看来，根本不成个问题。一，他完全可以不再去买女屠夫的猪肉，或者看中哪块选哪块，没必要抹不开脸；二，明确告诉那妇女自己的废品是去卖的不是扔的，没必要心软。

最终，还是谢教授自己找到了问题的症结：人生是复杂的，生活是复杂的，而善良的人比冷漠的人体会这些更细腻、更敏感些，甚至比事情本身更复杂。问题弄明白了，谢教授的心情也舒朗了。

# 边缘人生

那天早晨上班，沈科员坐到办公桌前，翻了当天的市报看起来。头版有一个活动新闻，配了一张活动的合影图片，一个领导坐在前排正中间，灿烂地笑着。

就是这张照片把沈科员带到了悲观的情绪中。

他习惯地用手去梳理自己的头发，有两三根头发落下来，还有一根是白的。

沈科员把那根白发捏在手中。难道自己已老了吗？沈科员有点不相信。就这么每天在这个办公室里坐着，没经风没经雨，就把我的头发坐没了？

刚进机关那会儿，沈科员才20出头一点，机关里都是自己可以叫叔叔阿姨的人，他嫌自己太嫩了，别人开几句男人女人的笑话，他听了都脸红。

沈科员摸出口袋里的小镜子，出现在镜子里的头发确实稀疏多了。想自己年轻那会儿，头发多浓密呀，理发师的剪子推着都吃力。没想到这么浓密的头发还没在镜头前真正风光过，已是青丝零落了。

沈科员的个子小，按常理，合影应该是高个子站后排，矮个子站前排，可生活逻辑恰恰不是这样。

最早的一张合影照，是小学毕业的时候。那时他的个子更小，应该排前面。可是他害羞，跑到最后一排的高个子同学身边，把脚踮得高高的，可照片洗出来，他还是被前面的同学挡住了小半个脸。

到机关后，他才明白，合影的前排后排，可不是高矮的问题，而是级别问题。哪回不是领导坐在前排，而且是中间位置。即使领导没到，别人也是先把那个位置空出来。

　　第一次机关集体合影是一个植树节，沈科员和大家一起来到郊外植树，植树后领导说这是一次有纪念意义的活动，大家一起在新树林前合个影。这时的沈科员已不再害羞了，他想，自己的个头小，就往前排一站，还恰好是中间位置。他手扶锹柄，摆出一副劳动最光荣的姿态。谁知组织活动的工会主席走过来说，小沈，你到后面去站。事后科长语重心长地教育他说，切记——在单位不能和领导抢镜头。说得沈科员一愣一愣的。

　　沈科员这才明白，自己不仅是个头小，而且"人物"小，在单位合影永远都只能在后排，在边缘。机关原先那个头儿，比他还矮，可单位合影，从来他都是坐在前排中间。

　　从此，沈科员的梦想就是有一天能熬出来，合影时好风风光光地坐到中间。自己反正还年轻，不怕熬不过谁。

　　一直在努力中等待，可单位僧多粥少，官位就那么几个，机会始终没有落到他头上，连一个副科都没熬到。

　　唯一熬出的是心静如水波澜不惊的老机关性格。对新来的同事，沈科员常以前辈的口吻对他们说，年轻人，慢慢来，好好干，希望总是有的，前途总是有的。新同事认真地听着，感激地给他捧着的茶杯添上水。沈科员便有些自得地想，就是这杯水，也是熬出来的呀。

　　有一天，沈科员把单位年终总结表彰会的合影拿回家，老婆一看说，这不是王五吗？已经是你们单位头儿了？他问，你怎么知道？老婆说，不是领导能坐中间吗？老婆又说，看你从单位拿回的合影照，哪一张不是站在边边角角的，哪一天才能坐到中间呢，也让我跟你风光一回？

　　这年年底，沈科员获了个市五一劳动奖章，去市里开会。他想，这次获奖合影，自己无论如何要争个前排，风光给老婆看看。可是合影时，别人早就安排好了，领导在前排，他沈科员只好往后面一站。

　　沈科员老了，不觉已到了退休年龄。局里为几个退休的老同志开了个欢送会，虽然他们是欢送会的主角，可合影时，坐前排中间的仍然是单位领导。沈科员的个子小，被安排在第二排的最边上。

　　沈科员的边缘人生在摄影师的"咔嚓"一声中定格了。

# 游　戏

　　早晨上班，胡局长叫来小丁。

　　"小丁，今天和你做个游戏。"

　　"游戏？"

　　"对，游戏。就是你当局长，我当办事员。"

　　"我当局长？局长，你这不是开玩笑吧？"

　　"不是开玩笑，不是开玩笑，是游戏。"

　　胡局长已当了好几个单位的头儿了，深知当领导的苦衷，因此每到一个单位都要发表宏论，稳定人心，常说的一句话是：要体谅领导的苦衷，学会换位思考，假如你是单位的领导你会如何如何……

　　令胡局长遗憾的是那些下属就是不开窍，不体谅领导的难处，小丁就是这样的刺儿头一个。比如说吧，他一见领导进酒店就大发牢骚，叹公款吃喝风何时能止。胡局长多次在会上说，假如你是单位领导，上级来人检查工作你招待不招待？陪不陪首长喝两杯？你以为我想进酒店？说实话，看见那油腻腻的东西就反胃，肚里只剩下酒精了。进酒店简直就是受罪，不信让你整天去吃试试。

　　今天，胡局长就是要来点实的，让小丁尝尝当局长的滋味。

　　此时，小丁已进了局长室，斜躺在真皮老板椅上，眯起眼睛想象当局长的滋味。老胡坐在对面的沙发上，等待"丁局长"给自己分配任务。小丁一时也不知叫他干啥是好，拿起一张报纸看了起来。看着看着，他觉得乏味，有点口干舌燥。他想起身去倒水，突然，他又坐回原处。他想，我是局长，应该你老胡给我冲茶。

你不是口口声声说换位思考的吗？今天也让你尝尝办事员服侍局长的滋味。老胡平时也是茶杯不离口，此时坐在那儿早就口渴难耐了。刚才小丁摸杯欲倒水的那个动作更把他的茶瘾撩上来了。可他刚站起又坐下了。你小丁平时不是口口声声说领导架子大吗？现在你是局长你能不能给办事员我老胡倒杯茶？

两人枯坐了半天，对峙了半天。

到了下班时间，小丁说："胡局……不，老胡，下班了。"就径自走出办公室，去车棚推自己那辆破旧的自行车。走近车棚，他又停住了，招呼驾驶员把奥迪开过来。你胡局长常把换位思考挂在嘴上，今天就请你步行或乘公交回家。"丁局长"刚坐进车子，从反光镜看见老胡也钻了进来。他回过头来，很不友好地说："老胡，你上来干什么？这是我局长的车。"

"怎么，刚当上局长就学会摆了？你平时不是常在背后骂领导奢侈不同群众打成一片的吗？办事员就不能乘小车回家？"

"当然不能。"

"为什么！"

"办事员和局长就是两个特例，局长就该坐小车。"

"谁说的？"

"我说的。"

"局长就该坐小车？"

"局长就该坐小车。"

"好！小丁，你下去吧，我是局长。我们的游戏结束了。"

小丁耷拉着脑袋从奥迪里钻出来。

胡局长拍拍小丁的肩膀说："怎么样！还是换位思考有好处吧？"

# 老 尤

老尤是个有趣的人。

他平生只好两件事：拉二胡，写戏。

人民公社那会儿，累死累活挣不了几个工分。老尤白天在家睡觉，晚上出去拉二胡，唱自编的段子。今天这个队明天那个队，东家一把谷子西家一把米，倒也能将就着混日子。

公社要求大队成立文艺宣传队，大队便让老尤负责这件事。老尤干得很卖力，使大队的文艺宣传队名播四方。公社发现他是个人才，便把他调到文化站当站长，负责文艺宣传工作。

老尤果然没负领导厚望，编了不少歌唱大好形势的小戏，经常参加县里的文艺汇演，得了不少奖。

那时候，老尤就像一个明星，走到哪里都是春光满面，气宇轩昂。演出后，他经常舍不得脱戏装，卸装时也故意不彻底洗净，在浓眉上留淡淡一点儿墨，在两颊上留淡淡一点儿红。他成了当时年轻人的偶像，很多姑娘梦想嫁给他。

后来老尤和宣传队里扮演《半篮花生》里小花的那个姑娘结了婚。

两口子台上是革命同志，台下是革命夫妻，令很多人羡慕。

不过，这些都是明日黄花了。

现在，文化站成了乡里的一个闲职部门，除应付上级开会检查外，就再无什么实际的事情。

老尤整天端个凳子坐在墙面斑驳的文化站门口拉二胡。

去年春天，老尤应邀去县里参加一个文学家企业联谊会，主办单位是本县一个明星企业。名曰"联谊"，其实是要他们这些笔杆子每人为该企业写一篇歌功颂德的文章。会后主办单位安排他们去舞厅跳舞，KTV 唱歌，洗桑拿浴。反正不用自己掏腰包，老尤也就尽情潇洒了。说是潇洒，其实老尤还是显得扭扭怩怩，不像那个企业家，一进歌厅就将一个小妞搂进了包厢。在浴室，给老尤按摩的小妞那手放到了不该放的地方，把老尤急得汗流浃背。老尤平时没机会进这些场所，这回算开了眼界。他没给明星企业写颂文，回来倒写了一首《春问》：

> 春眠缘何不觉晓
>
> 包厢暗做比翼鸟
>
> 眉来眼去调笑声
>
> 歌房发廊知多少

这篇稿子被县报的副刊编辑发在《仙人掌》栏目，引起了县委书记的重视，下令整顿本县娱乐场所和洗浴业。

老尤又出了一次风头。

老尤爱写戏，可写出来的剧本现在没处发表，县文化馆编《群众文艺》的几个人都去办实体了。排演更难，一是无经费，二是年轻人都外出打工了，很少有人爱好小戏了。

但老尤还是写。

他在文化站门口拉二胡，写的角色就在脑子里交替出场。

老婆说，你再不想法去挣钱，写那些无用的东西，我就和你离婚。

他仍写。

老婆真的和他离婚了。

很多人听到这个消息都很吃惊。

连老尤也不相信，恩恩爱爱 20 年了，连孩子都 18 岁了，怎么说离就离了呢?

有次老尤喝了酒，半醉半醒之间，写了一首《仿苏轼〈蝶恋花〉》：

> 花褪残红名渐小
>
> 叹不逢时
>
> 无有光环绕

文朋诗友往来少

门前长满青草

作文不能铺财道

多少佳人

依傍商贾笑

二胡一曲愁自消

人笑我痴我不恼

他把这首诗贴在文化站的墙上，又取下那把二胡，坐在门口拉了起来。

# 创意村长

上邬村近年来养殖业发展喜人，鸡鸭猪羊成群。可那些来村里的家禽贩子把价格压得很低，村长榆树决定带着大伙儿直接运到城里去卖。

这天榆树带着七八个人，开着几台装满家禽的拖拉机隆隆响地进城来了。结果刚到城边上，就被交警拦下了，说拖拉机不准进城。榆树说，我们这叫自产自销，比家禽贩子的便宜，让城里人买到更便宜的鸡呀羊的不好吗？怎么说都是好事呀！可任凭他讲了多少好话交警还是不放行。榆树又问驴马车行不行，交警说更不行，城里禁畜力车都多少年了，你们不知道？

那么多的家禽，总不能挑着去呀。榆树一急，让大伙儿把车停到郊区，自己去城里找一个在县政府工作的同学，看能否说说情。

榆树找到同学的单位，同学到市里开会去了。这可怎么办？榆树烦闷地往回走。在一条街边，他见很多人围成圈在看什么，挤进去一看，一个人趴在地上，一只公鸡站在他的头上。一个人在旁边讲解说，这个艺术家表演的主题是"日出"。接着又是一个人牵了一头羊上来，用一盆油彩，猛地往羊身上一浇，羊被惊得跑了起来……讲解员说，这个艺术家表演的主题是"激情"。他还是不懂这是做什么的，问旁边的一个人，别人告诉他，这是行为艺术表演。他问，在大街上这么做，没人管吗？别人说，行为艺术就是要在大街上表演的。

一路上榆树都在想，真是吃饱了撑的，像这样就叫艺术，那我们乡下到处都是艺术呢。突然，他灵光一闪，心中有了主意。

见榆树回来了，村民们都围上去问，找到人了吗？榆树说没有，回去，我们明天再来。大伙儿说，没找到人，明天来还不是一样。榆树诡谲一笑。

第二天，榆树又带着大伙儿，赶着几辆驴车进城来了。猪一车，羊一车，鸡鸭一车，煞是壮观。很多猪羊身上都涂了花花绿绿的颜色，最前面的驴车上面，有一个横幅：乡村行为艺术展。就在这时，他们又看到那个交警了。前面赶驴车的刘二斤心里直打鼓，榆树在后面说，别担心，径直走。果然，交警只是好奇地朝他们的车子望了一眼，却没有过来阻拦。

顺利到了城里，榆树和村民们把驴车停到了马路边，人们见车上装着花花绿绿的猪羊，不知是干吗的，争着围上来看。村民刘二斤往地上一躺，榆树把一只大公鸡放到他的脑门上，刘二斤打起了呼噜。榆树在一旁煞有介事地说，各位观众，这位行为艺术家表演的主题是"春眠不觉晓"。村民赵三林把一只羊赶上场，羊在前面走，他含着羊尾巴跟在后面。榆树说，这位艺术家表演的主题是"回归"。接着榆树把一头猪哄睡在地上，自己往猪旁边一躺，他解释说自己表演的主题是"梦"。引来了众多好奇者的围观。榆树看时间差不多了，就对观众说，为了感谢大家对我们乡村行为艺术的支持，我们把所有的行为艺术作品现场销售。观众都惊呼起来，一会儿几车的鸡鸭猪羊就卖光了。

后来，县里为了发展工业，下了个禁养令，全县范围不准养猪。上邬村的养猪户不少，一个个愁眉苦脸的，都来问榆树怎么办？榆树嘿嘿一笑，说大伙儿就回去睡安稳觉吧。结果很多村的猪圈都关了，唯独上邬村的猪安然无恙。原来榆树和大伙儿在村头竖了块牌子："乡村行为艺术基地"。

一个领导调研农村工作来到上邬村，看了一个个涂得花花绿绿的猪儿，夸上邬村的农民头脑灵活，榆树敢想敢干。领导还说，创意农业，大有可为。

榆树在一旁偷偷乐开了花。

# 恐钱症

　　说来真让人难以置信，好端端的古远清突然患了精神病。

　　老古和我是故交，退休前在一所中学任教。他为人厚道，工作任劳任怨。他还具有文人传统的气质：淡泊超然，从不屑言名利。和他一起退休的教师有的开了小百货店，有的在街头摆起了摊子，而老古却窝在家里啃那些线装书：唐诗、宋词、三国、红楼……倦了，就散散步，侍弄侍弄花草，日子过得倒也悠闲。

　　一天上午，他从街上回来，钥匙在锁孔里突然拔不出来了，他便到马路对面叫修自行车兼配钥匙的小金。小金和他家是邻居，每次见到老古都很热情。小金把钥匙转了几下就拔出来了。老古说谢谢了。小金说："不用谢，我们是邻居，就收两块钱吧。"老古觉得有一阵冷风吹得他直打颤。

　　下午，老古逛街进了一家茶叶店。老古一不抽烟，二不好酒，却很嗜茶。不过他不怎么讲究茶叶的档次，也讲究不起，只要有茶就行，所谓清茶一杯是也。"古老师！"这时一个清脆的嗓音飘过来，老古一看，柜台内站着自己的学生尤美丽。尤美丽是个成绩很不错的女孩子，可惜中途辍学了。尤美丽问："老师想买茶叶呀？我们这里可是质量上乘、品种齐全。"老古本来是随便转转的，此时也只好含糊其辞。尤美丽问要什么茶，老古说价格中等的吧。尤美丽就向他推荐了90元一斤的普洱茶，对老古说："你是我老师哩，就收成本费80元吧。"老古说怎能这么样呢，尤美丽说没事的，欢迎您下次再来。

　　回到家，老古就拿出那包普洱茶来，沏好呷了一口，没品出苍山洱海的风味，却品出一股霉味，还不如地摊上10多元一斤的下等茶！

从那以后，老古的脾气变得古怪起来，一看到钞票胸口就发闷，一听人谈钱大脑就发晕，一摸钱手就发抖。

老古心情不好，就到乡下老家住了几天，回来后发现侍弄了20多年的一盆吊兰没了。一问，被儿子卖给了花贩子。老古气得浑身发抖，额角暴起了青筋，和儿子吵了起来。突然，老古倒了下去，吓得儿子背起他就往医院跑，经抢救终于脱了险。可出院后老古却变得目光呆滞、神情恍惚，一见钱浑身发抖，就要撕；看见报纸上的"钱"字，就用红笔打大大的"×"字。有一次，他看到电视上一个数钱的镜头，举起茶杯就往电视上砸……家里人觉得老古不仅仅是一般怪脾气的事了，到医院一查，果然患了精神分裂症。

不久，老古就郁郁而死。我们几个老友前去吊唁，想清高一世的老古竟为恐钱而死，十分感伤。老古的老伴趴在老古身上大哭不止，老古的儿子在一旁烧一沓一沓纸钱。灵堂内烟雾缭绕，纸屑纷飞，一派悲凉！

"我不要钱！"突然，躺在地铺上的古远清挺身站了起来，怒目圆睁，冲儿子大吼。

他竟活了！

# 剃头匠老袁

老袁是我们小镇上一个老剃头匠。

他12岁起就在镇上老字号李记剃头铺当学徒了，挺活泛的，手艺一天一个长进，很快就能独当一面了。但他并没有离开师傅另起炉灶。他是个很讲义气的人，小镇本来就不大，他再开店势必抢去师傅一部分生意。师傅没有儿子，念他忠心干脆又将自己的二闺女许配给他，招为上门女婿，师徒俩便把小小的剃头铺料理得红红火火的。

师傅去世后，老袁就一个人撑起了门面。店门一开，全家的日常开销都有了，日子过得倒也不错。

后来，小镇上的剃头铺如雨后春笋一样一家接一家冒了出来。剃头铺也不叫剃头铺了，叫"发廊"或"发屋"，还有的干脆只有"美发美容"几个字。理发的大多是年轻妹子，手艺确实比他们老一辈强。

老袁之所以还能在街头占一席之地，是因为他有一套绝妙的挖耳朵的技艺——光挖耳朵器具就有16种之多，搔、撬、拨、捏等，样样让你痒嗖嗖的甚是舒服。所以，每天他这里还有为数不少的人特别是中老年人的光顾。

半年前，小镇调来一个新镇长。有一天新镇长竟然来到了老袁的剃头铺。镇长不是来理发而是闻其名专来掏耳朵的。但这也足以令袁剃头感激涕零了。每次他总是精心施展自己的掏耳技艺，绝对使镇长舒服。镇长成了他的老主顾。

新镇长到小镇工作时间不长，口碑却不怎么好。他整天一副官架子，下村多是往村干部家跑，听听汇报，打打麻将，吃吃喝喝。农民们编了个顺口溜："镇长进庄，麻将歌唱唱，小公鸡遭殃。"

一天，镇长刚在袁剃头这儿挖完耳屎往回走，从深巷里跑出一老农，一把抓住镇长的手可怜巴巴地说，他家的鱼塘刚抽干了水就被村里一伙红眼人抢光了鱼。他请镇长为他做主，帮他把抢走的鱼追回来。镇长听后好像没听见一样，厌恶地推开老农，把粘上河泥的手套抹下，往地上狠狠一甩，走了。

忽一日，镇上人听说老袁给镇长掏耳朵时竟把镇长的耳朵挖通了。镇长到法院告了老袁，老袁因故意伤害罪被逮捕了。人们先是不信，看到镇长几次捂着耳朵从医院出来，老袁的理发店天天关着门，才信是真的。

后来，镇上人听说法官问老袁为什么故意挖伤镇长的耳朵。老袁说，这家伙只知吃吃喝喝甩膀子，当镇长半年多半件好事没给百姓办，长着副耳朵百姓的声音半个字也听不进去，不如挖聋了好。

很多人都说：这个老袁，绝了！

# 画家与猎手

阿麻山脉，奇峰峻岭，连绵千里，古木成林，险象环生。

年轻的画家常来山中作画。其作品得益于大山熏染陶冶，恢弘气度，苍润郁秀，颇负盛名。

年老的猎手常来山中狩猎。他狩猎仅靠一架猎枪，从不挖陷阱、设机关。他觉得一个优秀的猎手应凭着自己的高超枪法。进入他视线的猎物，很少有逃脱的。

一日，画家正在画一对嬉闹的山鸡，当他放下画笔的时候，身后传来一声叹息——猎手的枪口对准了山鸡，他发现画家在作画，便伏在那儿等待时机。可画家刚收笔，山鸡已双双遁入草丛。

画家抱歉而又感激地朝猎手笑笑。

后来，猎手打了两只野兔。他将野兔挂在树枝上，两手各捏住兔子的一片唇，"嘶"地一声，便露出血淋淋的一团肉。画家不忍目睹。

猎手拾来一堆干柴将野兔肉放在火上烤，不一会就发出一股浓重的香味。猎手邀画家一起吃烤兔肉。

猎手向画家讲打猎的乐趣，充满了传奇色彩。没想到猎手的生活是这么有意思，画家很钦佩猎手。

画家便提出向猎手学打猎。

猎手教画家怎样使枪，怎样跟踪怎样伏击。

一天，猎手和画家发现一只野鹿，野鹿在他们前面时隐时现，时快时慢，竟一直无下手的机会。在一个峡谷，野鹿从他们的视线内消失了。

暮色苍茫，他们便出山，可行至天明，竟还未走出峡谷——他们迷路了。又在山中走了大半天，仍未找到出路。两人都已饥肠辘辘。画家不住地悲叹。猎手说："年轻人，别急，有我这杆猎枪，就饿不死。"可令猎手沮丧的是寻了老半天，竟不见一只鸟兽。他们只好用野果、生菌充饥。

　　一连几天都是如此。猎手和画家饿得两眼昏花，两腿打晃，无力地躺在山坡上。

　　忽然，画家和猎手一阵兴奋——寂静的林中传来一声清脆的鸟鸣。他们紧张地屏住呼吸，生怕惊得鸟声突然消失。

　　须臾，鸟声又起。抬眼望去，他们头顶的树梢上，停立着一只红色羽毛、玲珑娇态的小鸟，连纤细的爪，尖尖的喙都是红色的，简直就像一个小火球悬在树梢。

　　若是平时，猎手对这样的小东西是不感兴趣的。可眼下，一点猎物就意味着延长两个人的生命。他去摸身边的猎枪，却发现猎枪已被画家抢先握在手中。

　　画家的喉结蠕动了几下，咽下一口唾液。终于，他扣动了扳机——

　　"嗵"地一声，画家倒在了血泊中。

　　猎枪走火了，几点殷红的血溅在画家身旁的画板上。

　　小红鸟迅疾远去……

# 流行墨镜

这一年夏天，摩城流行戴墨镜。

摩城本来少有戴墨镜者，炎热的夏天也是如此。

因为摩城人眼睛大多生得很漂亮，这一直是摩城人引以为自豪的事。摩城人不愿用墨团一样的两片玻璃遮住迷人的眼睛。

这些日子发生的几件事使不爱戴墨镜的摩城人对墨镜开始青睐。

青年吉在街头看见小偷掏包，便上前制止，小偷见其一副文弱相，便亮出了刀子。此时外地青年齐刚好路过，目睹此景，大喝一声："住手！"小偷吓得浑身筛糠，束手就擒。法官在审理这桩案子时问小偷何以惧齐不惧吉，小偷答因为齐戴着墨镜，一副侠客模样，深不可测。

某日，某公司的头儿喝得醉醺醺的，手捏牙签一摇三晃来到办公室，嬉笑着在打字员丽的屁股上捏了一把。宇和刚从外地调来的办事员迪都朝头儿投去鄙夷的一瞥。时间不长，宇就被解聘，迪却安然无恙——迪当时戴着墨镜。

季小妞和外籍桂小妞结伴上街，季小妞常被外来的乞丐团团围住，缠着不放。每次出门季小妞都不得不换上很多零钱，还常常不够。季小妞很是疑惑——她和桂小妞穿着相差无几，并看不出丝毫白领丽人样，为何乞丐不求桂而专盯她呢？还是一个常得她恩惠的老乞丐道破玄机：桂戴着墨镜，而季没戴，乞丐们便能看到她美丽的眼睛里溢出的温情和善良。

这几条新闻在《摩城晚报》"说奇道怪"栏目刊出后，墨镜便开始在摩城流行。很多美容、首饰店换牌改行售墨镜，大发了一笔。

戴上墨镜的摩城人有一种朦朦胧胧、扑朔迷离的美，走在大街上，不知谁看谁。

　　一日，在公交车站，一老者上车踩了他人的脚，被踩者毫不客气地搡了老者一把。老者说我是盲人，那人道谁知你盲人？老者只好取下墨镜，证实自己。

　　现在，摩城人都以戴一副时髦的墨镜为荣。

　　不戴墨镜的只有儿童和盲人。

# 名　人

　　小城有位历史名人，老俞就在名人故居当管理员。

　　名曰管理员，其实也就是扫扫地洒洒水这类活儿。老俞是贫苦出身，这活儿对他来说再轻巧不过。有时闲下来觉得骨头疼，便没事找事做，将墙壁、走廊的柱子、玻璃柜擦了又擦，掸了又掸。

　　老俞就这么一天天过着充实的日子。

　　有一天，管理处召开一个紧急会议，说一个首长要来参观，要大家注意仪表风纪。临了主任又特别强调注意保密，不得走漏丝毫风声。

　　次日，首长来了，由市委书记陪着。这是老俞生平见到的最大的官。首长大约只逗留了一刻钟就要走了。走前首长和故居全体工作人员合影。老俞看众人簇拥在首长周围，很是眼馋。按理，他也是工作人员，可是主任没叫他，他就不好意思去，只好蹲在地上拔草。

　　那位首长照过相后，就走到拔草的老俞身旁，要单独和老俞合个影。老俞可真是受宠若惊。就在他恍恍惚惚地当儿，只觉眼前闪过一道亮光，首长就走了。

　　后来，参观故居的人多了，其中有很多名人，每当这些名人来，故居的工作人员就争着和名人合影，请名人签名。这时的老俞对一些人的谦卑相就看不惯。本来嘛，都是同志之间，照个相也算正常，干吗要自作下贱。特别是他看到一个名人在众目睽睽之下用小拇指抠鼻屎，还有一次看到一个名人往地上吐痰，对他们的敬畏感就顿失了。名人也是人，和平头百姓并无多大区别。

　　至此，老俞走路腰杆挺得直直的，那种谦恭的笑没有了。一次，有一个名人把擦皮鞋的纸扔在了地上，被老俞抓住当场罚了款。

虽然小城人都知道小城有个名人故居，但真正进去参观过的并没有几个。一个破院子几幢旧房子，小城人是屡见不鲜的。故而，老俞在名人故居工作，并没有多少人知道。

老俞退休了。退休后的老俞觉得无聊，但他见过好多名人，不屑主动与人套近乎，也并没有人登门来拜访他。他终于耐不住了，只好出门找人聊天儿。

聊天儿就要有话题，老俞就讲他在故居工作见过多少名人。一个人问："你和名人照过相吧？"老俞想起他和那位老首长的合影，说："照过照过。""名人给你签过字吧？"老俞照实回答："没有。"

有一天几个人到老俞那里玩，要老俞找出他和名人的合影，可老俞找了半天也没找出他唯一一次和首长的合影，那些人笑笑走了。

此后，老俞再讲他和名人的事就没有几个人相信了，因为他拿不出半点证据来。而小城的追星族，有名人的照片签字，知道名人的爱好、血型、离过多少次婚等等。

越是人们不相信，老俞越是要讲，证明自己确实见过名人，整天絮絮叨叨，就像祥林嫂对人讲她的阿毛。

可没有人信老俞的话，都疏远老俞。孤独的老俞常坐在小城的路口，嘴里叨念："我见过名人……"

现在，老俞真的成为小城名人了。每当有人问起他，便都说："哦，那个老头，是个疯子。"

# 证　明

晓照喜欢收藏钱币，平时把收藏的钱币都存在银行的保险柜里。前段时间他集了几张老版人民币，因为价值不是很大，就没急于存入银行。他到杭州去办事，为防窃贼撬门盗窃，就把五张旧币用报纸包好放到电饭煲的夹层里，他想这下该万无一失了。

没想到的是，他回来后，看到的却是一团煳了的纸包。原来他有一个很要好的姨妹，平时常来玩，晓照便给了她一把门钥匙，不管他在不在，都可以开门而入。姨妹这天帮他洗了几件衣服，又打扫了会儿卫生，天已中午，就在这做饭吃，结果中途看到电饭煲里冒烟，感到有异，拔掉电源检查，才发现放在夹层的钱，已烧煳了。

这五张残币，有两张 10 元的，两张 2 元的，一张 1 元的，总共也就是 25 元钱。当然，从收藏角度说，就不是 25 元的概念了，但现在已受损，是无法收藏了。晓照决定到银行把残币兑换了。

银行服务员检查了残币后，除了一张完全烧焦的，其他的都可以兑换。服务员对他说，但需要到所属派出所开个证明，证明这些残币确实是你的，并是不小心烧焦的，才可以兑换。

晓照来到派出所，接待的一个内勤警察听他陈述了情况，说，我们不能听你说了就行。这样吧，你先去街道居委会开个证明，然后把证明拿来，我们再签个章。

晓照就去了居委会。居委会的一个大嫂一听晓照说要居委会为他烧焦的残币做证明，就惊异道，我们街道最近没听说发生过火灾呀？晓照连忙说，不是火灾，是我姨妹在我家用电饭煲煮饭不小心烧了的。大嫂倒也热心，就让晓照从头至尾把经过讲一遍，开始做笔录。大嫂：这些钱是从哪来的？晓照：收集的，我喜欢收藏钱币。大嫂：从哪些地方收集的？晓照：都是平时买东西找零的。大嫂：都还能记得找零的是哪些地方吗？晓照：记不清了，大致记得有一张是超市的。大嫂：你怎么会把钱放到电饭煲里？晓照：出差怕家中被撬，放电饭煲里不容易被找到。大嫂：你不在家，你姨妹怎么会去你家？晓照：姨妹有我的钥匙，平时她常来。大嫂：看看，问题来了吧，自己家的钥匙怎么可以随便给别人呢？你不知道现在治安复杂？即便是亲戚也不能把自家的钥匙随便给呀。当然现在是25元，如果是250、2500也同样是要烧了的，那损失就大了。晓照连连点头，说是的，是的。大嫂给晓照开了证明，晓照出了居委会，大嫂又在后面大声叮嘱道：以后自己家的钥匙可不能随便给别人了！

晓照再一次来到派出所，把居委会的证明递给了那个内勤警察。警察看了说，有你姨妹的电话吗？晓照说有。警察说打电话让你姨妹过来。

晓照的姨妹来到派出所，警察把她叫到一边，开始做笔录。警察记完晓照姨妹的陈述，问，谁能证明你说的属实？晓照姨妹说，晓照呀。警察说，晓照当时出差了，怎么能证明？也就是说，当时你去晓照家，还有没其他人在现场？晓照姨妹说，没有。警察问，在去晓照家的过程中，有没有碰到晓照的邻居或其他什么熟人？晓照姨妹说，没有。警察说，那还是无法证明钱就是你烧焦的。

警察合上笔录本，回过身对晓照说，这种情况，我们还是无法给你出证明，证明这些残币就是你姨妹烧焦的，以及这些残币就是你的。

晓照没想到兑换这点残币，却这么复杂，一怒之下，掏出那几张残币，当着警察的面哧哧几下撕了，扔进了废纸篓，警察倒弄愣了。晓照问警察：不能证明这些残币是我自己的，为什么我自己可以撕了？

警察慢腾腾地说，只要你不要我们出证明，就不关我们的事，不是吗？

晓照没再理会警察，拉着姨妹出了派出所。

# 封 官

　　新星化工厂厂长退休了，厂办主任的老吴被提升为厂长。54 岁的人了，回首自己走过的路：工人、小组长、车间统计员、仓库保管员、后勤科副科长……这厂办主任一干就是 10 多年！老吴于是悟出一条道道：当官不易！一些人自己占着官位子，就不想让别人上，精简机构喊得响响的，可咋不把自己精简下去？

　　老吴可不是那号人，他上台第一件事就是把原来精简的八个科室恢复起来，接着又增设了宣传科、安全科、消防科、新产品开发科、广告科、公关部等 18 个科室，各刻了大红公章，挂了牌牌。接下来就是封官，每个科室都设正职 1 名，副职 2 名。这样，300 多号人的小厂就有干部近百人。

　　吴厂长开第一次中层干部会的时候，会议室就显得有点挤。前任厂长开会，稀稀拉拉几个人，哪像个开会的样子？这次开会前吴厂长特地安排宣传科林科长安装好扩音器。讲话前吴厂长先对着麦克风吹了口气，麦克风发出悦耳的"嘘嘘"声，接着他又很有风度地干咳两声，才拿过秘书写的讲话稿念了起来……吴厂长觉得，这才像个开会的样子。

　　那天，市环保局派人来检查环保工作，吴厂长见来的是无足轻重的人物，便安排环保科的黄科长、毛副科长接待。自己在办公室翻了会报纸，又把厂办主任叫来杀了两盘棋。到了下班时间，轻轻松松来到食堂小餐厅陪客人端两杯。吴厂长想，若不是设了环保科，自己又得搭上半天时间。

　　后来，有人向上反映厂里机构臃肿，干部太多，吴厂长便号召大家下基层锻炼，但下去的干部职务一律不变，补贴、奖金照拿。

　　不久，市报头版刊登一则新闻，称"新星化工厂百名干部投身生产第一线工厂效益蒸蒸日上"云云。

# 一只狼的忧思

看我这几天总是焦躁不安、恍恍惚惚的，母亲说："你长大了。"于是她便带我出去溜达。

我知道母亲错误地理解了我——她以为我是萌动了春心，带我出去寻找发情的小母狼。

翻越两座山岭，穿过一个峡谷，我闻到了一股气息，一股只有母狼发情时才会散发出的特有气息。果然，一块岩石后面走出一只小母狼。应该说这是一只很美的小母狼，身体颀长，皮毛光滑，眼睛也水灵得很。

母亲朝我望了一眼，似乎鼓励我说，孩子，去吧，去大胆地追寻你的幸福！然后母亲撇下我，朝密林深处走去。

那只小母狼眼里露出温柔的光芒，我知道只要我走过去她便会将一切献给我。但我并没有挪动脚步。说真的，此时我一点兴趣也没有。

不知道为什么，近来我总是喜欢乱七八糟地瞎想。我们从哪里来，又要到哪里去？我们为什么活着？我们活着是痛苦的还是快乐的……问题有千万个，但结果总是令我失望：我们活得没有任何意义，更谈不上快乐了。

我们一生都被一种阴影笼罩着。从一生下来就开始担惊受怕，时时提防猎人的追杀。在没有猎人追杀的时间里，我们也同样恐慌和忧虑。我们要跋山涉水，穿越丛林，去寻找果腹的食物。我们永远都在追逐和被追逐中生活。当然，偶尔我们也做爱，但我们没有爱情。

这就是我们狼类的生活吗？难道我们就不会做点别的？

　　我有一个荒唐的想法，我想像人那样去生活。这种想法有点叛祖离宗的意味，人类是我们的敌人，怎么可以让自己去变成敌人呢？

　　小时候，老师常对我们说："我们拥有连绵的大山和无边的森林，大山和森林就是我们的家。"那时我们也觉得我们是幸福的。但事实上呢？大山和森林就不是人类的家了吗？人们开着小车到山里来打猎或游玩，他们精神饱满，谈笑风生。和我们相比，他们更像是这里的主人。而作为狼，我们却不能大摇大摆地到人类居住的地方去，最多只能在一些月高风清的夜晚，提心吊胆地摸到某个村庄里去，偷一两只羊回来。繁华的都市，我们连去望一眼的勇气都没有。那里有宾馆、饭店、酒吧，有高尔夫球、流行音乐，而我们狼只配住在阴冷潮湿的山洞里。

　　小时候，我们还常常接受母亲这样的教育："我们狼是坚强的，勇敢的。我们不畏惧老虎、狮子，不畏惧野猪和熊，对人，我们也一贯持藐视的态度……"母亲还常给我们讲《披着羊皮的狼》这样的故事。母亲说，那是一只多么机智和勇敢的狼啊，尽管他最后惨死在猎人之手，但他的精神是不死的，将激励一代又一代狼和人类作不屈的斗争。那时，我也真的认为狼了不起。我知道人类写了不少骂我们的文章，但这正是我们强大的表现。

　　现在，我觉得我们狼和人比起来真是太微不足道了。我们强大的意义何在？仅仅体现在能饱餐一顿羊或山鸡上吗？而人呢，不但可以吃羊，吃山鸡，还可以吃驴，吃马，吃海龟，吃野猪，吃鸟，吃蛇，吃虫子。总之，他们能吃他们想吃的任何一种东西。而同一种东西，他们能吃出不同的花样来，烧、炒、炖、熏、蒸、烤、炸，等等。而我们呢，抓住任何一种动物，不过是生吞活咽而已，吃法过于粗野。这也是我们名声不好的一个原因。

　　当然，如果我仅羡慕人类这一点，我也就不配称为一个有思想的狼了。我最羡慕的是他们活着有各种各样的目标，因而显得人生丰富多彩。比如说当官、出名、发财、购车、买房，等等。不像我们狼，一生只知道吃和做爱。同样是吃，人可以吃出水平来。他们可以一边吃狼肉一边探讨狼的生存问题以及生态保护问题，可以一边吃羊肉一边探讨动物的生存权利及畜牧业的发展问题。这是我们狼永远也无法企及的。

　　因此，我向往像人那样活着，那才算活得幸福、快乐。

　　很多狼都不理解我，都说，狼生苦短，何必想那么多。我想，这正是我们狼的可悲之处。

# 烈犬二黑

漆黑的夜。西北风刮得很猛。

三排奉命埋伏在荒野的一条河坡上，阻截一伙匪徒。据可靠情报，这伙匪徒将运一大批粮草经过。

全师已断粮5天了。截获这批粮草对即将面临的一场大战起着举足轻重的作用。三排是名闻全师骁勇善战的尖刀排。尽管经过几场恶战，全排仅剩下18名战士了，但师部仍将这个重要的任务交给了三排。

18名战士荷枪实弹，警惕地注视着前方的小道，注视着小道上一草一木的声响。

风停了，似乎暖和了些。一会，天竟飘起了雪花，排长不禁在心里诅咒这鬼天气。他把身旁二黑的头压下来——二黑是负责送情报的，一旦战斗打响，师部便派援兵来接应——命令全排战士，不管雪下多大，都要坚守阵地，不得擅自乱动——在这光秃秃的平原，无遮无挡，如抖落身上的雪花，无疑将自我暴露。

西北风又吼起来了，雪片纷飞。

战士们像铁钉楔入墙壁，伏在冰冷坚硬的河坡上。雪，愈积愈厚，冰块般压着每个战士。二黑的身上也全白了，只有两只眼睛黑黑的，警惕地注视着前方。

时近三更，狗才有点忍不住了。他悄悄动了手臂，推推背上的积雪，刺骨的寒。他把枪托伸向后背，推去一小块积雪。愣了会，他见没什么声响，便索性翻了个个儿，把身上的雪滚落了。他往右挪挪，推推身旁的一个小战士，小战士一动不动。狗才感到有点不对劲，手伸向小战士的鼻孔，已没了气。

狗才打了个寒战，从怀里摸出几个辣椒，放进嘴里大嚼起来，身上又添些暖气。他越过小战士，唤老吴，不答，推老吴，不动。一摸，也没了气。他把手伸向老吴腰间，取下老吴总是随身带的小酒壶，打开盖儿，猛喝一口。

天微明，狗才抬头望去，天地间一片白，没有什么鬼匪徒。他唤了声排长，回答他的只有死一般的沉寂。

狗才的心一阵发抖，发疯似的吼了一声。看着被白雪湮没的 17 具尸体，他庆幸自己多了个心眼，否则准和他们一道见阎王了。他把每一具尸体都扳过来，搜索着——他们除临行前带了御寒的辣子，别的一无所有了。狗才坐在雪地上大口嚼着辣子，大口喝着酒，两眼血红。

他脱去身上的军装，连同那杆步枪扔下了河底，摇摇晃晃走向荒野。

他又想起什么，踅回，走到排长身旁，摘下排长手中的短枪，揣进怀中。

突然，狗才尖叫一声——二黑从积雪中跃起，猛冲向他，撕咬住他的一条腿，他痛得大叫，本能的对二黑猛开一枪，便瘫倒在地。二黑腹部流下一滩血来，很快向四周扩散，把雪野映得猩红。二黑却并没有倒下，发狂似的冲向狗才，死死咬住狗才的喉咙……

全国解放后，三排的伏击地上，垒起了 18 座坟茔。一块石碑上刻着：

烈犬二黑之墓

# 病

　　在厕所碰上上司总有点尴尬，尴尬的原因就是不好打招呼。老关遇到了这件尴尬事。

　　那天上班，老关办了几件该办的事，就匆匆上厕所。刚踏进厕所就后悔不迭——局长正蹲在便池上。老关一向老实木讷，不善言词，此时见了局长大人，他进也不是退也不是，只有调动整个面部神经朝局长笑笑。可局长连眼皮都未抬一下。局长习惯中心位置，蹲便池也是如此。老关在最边的一个池上蹲下，为早点结束这尴尬场面，他屏息敛气，以最快的速度完事，边走边系裤带。就在他要出厕所门时，听局长咕哝了句什么，扭头见局长浑身上下摸，可只掏出钞票发票香烟打火机。原来局长忘带手纸了。"老关，你有没?"老关翻遍口袋，一个纸片也没有。他显得局促不安。局长从没求过我什么事，就这么点机会（他差点用"机遇"了）也不让我抓住。老实人也有活泛的时候，他灵机一动，从衣袋摸出一个白色物体。局长眼一亮，细看却是手帕——老关有洁癖，手帕一天一换，洗得干干净净，叠得整整齐齐。他毫不犹豫把手帕递过去："局长，用这个对付一下吧。"局长先是一愣，见那手帕整齐干净，无半点污迹，也就不客气了。老关就这么眼看自己洁白的手帕牺牲在局长的屁股底下，随局长走出了厕所。分道时，局长冲老关一笑，这笑直透老关的五脏六腑，有种说不出的愉悦。要知道，局长那张棺材脸对下属是很少舒展的。

　　第二天，老关如厕时又巧遇局长，局长又冲他笑笑。老关觉得很惬意，很满足，很幸福。

80

　　此后，老关上班总不由自主地透过窗子朝局长的办公楼看，见局长从楼里走出来，他就一阵兴奋。当局长走向别处或钻进蓝奥迪，他便感到很失望。倘若局长的大肚子向厕所方向挺进，他便窃喜，拿了手纸（厚度明显比以前增加了）跟了进去，裤子一解，往最边的池上一蹲。局长还是对他一笑，却并没忘带手纸。这样久了，老关又觉不妥，有点像特务跟踪革命者，怕引起局长不快。他便常去厕所蹲着，以便能"无意"碰到局长。就这么，他又"无意"碰到局长两次，但局长仍没忘带手纸。

　　人们起初以为老关肚子不好，时间久了，便觉得有点不正常。有人关切地问："老关，最近你的身体……""没啥，没啥。"老关笑笑。

　　科长调局党委办当了主任。老关终被提升为正职，科里几个人捧着红头文件，嚷着要老关请客，却意外地发现老关今早没来。后来有人上厕所，见老关蹲在便池上，双目微闭，面色苍白。问老关你怎么啦，也不吭声。一拍他的肩膀，却"咚"地从便池上滚了下来，仍是那个蹲着的样子。来人大惊，立即去叫人，送医院急救。医生一把脉，说没救了，已死了几个小时了。

　　最终也未查出死因。

　　几个小时，老关的身体已僵硬得无法复原。

　　直到抬上灵车，仍是那个蹲着的姿势。

　　全局人皆叹：怪病。

# 威 风

老实说，马长腿长得确实有点官架子。高个子，四方脸，浓眉大眼，前额红润发亮。当初一个算命先生曾对人说，此人必有洪福，但黄村人听了都笑笑，没有一个当真。

在黄村人眼里，马长腿从来就不是个人物。马长腿是个外姓人，因家乡荒灾，流落到黄村的。马长腿卖烟丝为生，整天背上小笆斗，拿着盘秤，走村串户。他腿长，一天下来，跑遍周围5、6个村。有时到清江浦进货，40公里地，天麻亮上路，天黑也就到家了。

马长腿有5个儿女，张着嘴要吃饭，就凭马长腿卖烟丝，倒也把他们养活了。因马长腿是外姓人，就没有人瞧得起。邻居之间，难免有个磕磕绊绊的，孩子打架，猪拱菜园，牛踏庄稼，总有碰擦的时候。偏偏马长腿是急火性子，得理不让人，黄村人岂能让外姓人逞威，最后吃亏的总是马长腿。马长腿也是个死疙瘩，遇事还硬和村人论理，因此他只有受气的份。

日子水一般流着，谁也没想到马长腿会有什么升腾。

马长腿时来运转是1991年，大儿子马争考上了工商大学，毕业后被市税务局录用为税务员。

马争回乡探家，穿着崭新的制服，戴着大檐帽，黄村人的眼睛都睁得铜铃大：乖乖，不简单啦，马争当上大官啦！

有一次，马长腿推着独轮车去碾米房碾米，马争回来找到碾米房。回家的路上，马争见他吃力，又见村人都朝路上望，有些不好意思，便说："爸，我换你推一会儿。"马长腿大声说："日娘的，你是推车子的人吗？你是坐车子的人哩！"说完这话，马长腿觉得腰杆更直，脚步更有力了。

后来的事实证明马长腿没吹牛，马争果真当了什么大官了，回村里两次都是坐着乌黑锃亮的轿车，惹得村人眼馋。黄村人对马长腿不得不刮目相看了，连村长有事也找马长腿商量呢。

那年乡缫丝厂分给黄村一个招工名额，要去的人很多，一时定不下来。马长腿对村长说：让张俊吧，这伢子有文化，家里穷。于是，就让张俊去了。

马长腿挨打受气的历史也正式结束，当然也不再和谁家闹纠纷了。人们都敬重他，还会有什么纠纷吗？倒是邻里之间有什么疙疙瘩瘩，经马长腿出面调解，就化干戈为玉帛了。都说清官难断家务事，只要马长腿出面，这家务事也就好断。

马长腿还爱替人家撮合亲事。在乡村，这说媒人，不但要会两头圆，还要有点威信。马长腿一说，这媒就成了。成了，马长腿也无高要求，到喜事那天，喝两杯喜酒。两杯酒下肚，红光满面，话也多了。多了，就不免提到儿子马争，说马争争气哩，已经当上大干部了。村人都说，你有福哩。

可天有不测风云。不知哪一天，马争犯了事，被抓起来蹲牢了。据说是收的礼和钱太多了。

马长腿几日未出门，见人话也少了。

小夹庄的肖老田和徐泗因为地界吵了起来，徐泗也是黄村惹不起的人物，凭在朱集摆个猪肉案子，有几个钱，财大气粗，遇事总要争个上风。这天刚和肖老田吵上几句，就冲上去对准肖老田的脸擂了几拳，打得老田立时眼肿鼻出血，觉得还不解气，又把老田按倒在地，往死里打，竟无人敢拉。

这时有人想到了马长腿，心想，要是老马的儿子不犯事，多好啊，他一句话就能息事。

"是哪个在这耍威？"正在这时，马长腿从家里出来了，拨开众人，一把抓住徐泗的衣领："找死啊，没王法啦，我儿子当那么大的官，犯了法还给政府办了，你算老几？"

这一说，还真把徐泗震住了，撒开手，悻悻地站到了一边。

从这以后，黄村人都在心里把马长腿视为一条真正的汉子。

# 书法家

　　吴思愚和杜先风是书友。

　　两个人都喜欢书法。吴思愚是县政府办副主任，杜先风是县文史办主任。同在政府部门工作，两个人又有共同的爱好，因此走得特别近，没事就凑一起谈天说地，切磋书艺。

　　两个人练的都是隶书，起先书艺差不多，都属于业余水平。尽管是业余的，但也希望得到别人的认可，两个人都铆着一股劲，勤学苦练，期盼有朝一日能露一手。

　　虽然都是主任，一正一副，但吴的副主任含金量要比杜的正主任含金量要高些。

　　死人的事不必忌讳。县里有老同志故去了，挽联包括花圈上的字都是由吴思愚来写。没想到就是这挽联把吴思愚写出了名。很多人对葬礼上的细节都记不清了，独独记得吴思愚写的挽联，更确切地说是挽联上的字，说他的隶书秀而不浮，柔中有骨，不说挽联的内容，光那字就把对逝者的哀思表达出来了！

　　不知不觉间，吴思愚书法上的名气渐渐盖过了杜先风。看过他俩书法的人都说吴思愚的字比杜先风的见功力，有气度。

　　杜先风也觉得吴思愚的字渐渐胜出自己，但他又纳闷，自己也没少练笔，难道先天比吴思愚少悟性？有一次两个人又在一起谈论书法，他问："思愚，外界评价，都说现在你的字比我写得好，我也觉得此言不虚。我咋越写越没长进呢？有什么诀窍，望指点一二。"吴思愚说："哪里，哪里，先风兄，你过谦了，你的字也大有长进。我也就是下班随便练练，哪有什么特别的诀窍。"

杜先风不信，他决定来一次突然造访，看吴思愚到底是怎么习字的。因为以前他们大都是在外面聚会，在家里，也都是事先预约的，想想，他还真没看到吴思愚现场练书法。这次他要来个探根究底！到了吴思愚家，吴思愚的老婆冯姐开了院门，他问声冯姐好，就直奔吴思愚的书房，不管礼节地推门而入，结果看到吴思愚正在投入地挥毫而书，以至他的突然而入，都没觉察。他凑过去一看，吴在写一幅挽联，却是在职某领导的。他昨天看到这个领导还在电视上讲话的，难道突然亡故了？不由得惊叹了一声，问，某某已经死了？这一问把吴思愚倒吓了一跳——也该吴思愚泄露天机，每次练笔前他都是关好门，即使家人也不让随便入内，偏这次他忘了插门，结果让杜先风看到了这一幕。

其实这个领导并没有死，还在岗位上热火朝天的，吴思愚只是提前为他写了挽联而已。尽管杜先风的突然闯入让他大为不快，但哪敢发怒。事已至此，他只好为杜先风沏一杯茶，说，来，喝杯茶，压压惊。其实吴思愚一半是说给自己听的，因为他的背上已冒出了冷汗。杜先风呷了一口茶，他才舒了口气，慢慢向杜道来。

原来，他曾经恨一个贪官，在心里咒他死，就在家里给他写挽联。不久，这个贪官真的死了，还是他写的挽联，他觉得很解气。后来他就灵机一动，碰到和自己过不去的人，看到贪官糊涂官昏官，就在家里为他们写挽联，一解怒气，二练书法。杜先风这才注意到，吴思愚书房的墙上挂着一副副挽联，有好几个是他也认识的，都还健在。

"没想到这种方法还真把我的书艺提上去了。挽联让我扬了书法的名，真是歪打正着。"吴思愚咕噜一大口茶，叮嘱杜先风说，天机不可泄露，老兄万不可传出去呀。传出去我的身家性命就完了。

杜先风说，老兄不用担心，我先风不是糊涂人，你我是多年的朋友，这等事我怎么会出去讲呢？

吴思愚留下杜先风喝酒。席间，杜先风开玩笑说："好你个思愚，还老朋友呢，这么好的窍门不早告诉我，害我在黑暗中摸索。咱俩不但是书法家，手中的笔也是半个阎王爷呢。"吴思愚也借着酒兴说："可不是，谁和咱过不去，就先赏他副挽联。哈哈……"

两个人书艺也都大有长进，双双加入了书法家协会。杜先风说，思愚兄，都亏你的高招呀，凡和我过不去的人都被我"挽"了，书艺也噌地上去了。

　　起先吴思愚还有点担心杜先风嘴不牢，后来，办公室主任提拔，他顺利接任了办公室主任。事实证明杜先风够朋友的。

　　只是没想到后来杜先风的仕途比他好。县里统一提拔一批文化干部，杜先风作为书法家，当选上了副县长。

　　当上副县长后，杜先风也忙了，两人很少在一起谈论书法了。

　　政府换届，杜先风竟当选为县长。

　　冯姐对吴思愚说："老杜都当上县长了，你还是办公室主任。你和老杜多年的交情，瞅个机会找他谈谈，也该挪挪位了。"吴思愚对老婆说："你呀，什么都不懂。"

　　不久，吴思愚就因工作中的一个小失误，被"拿"了办公室主任，安排到乡下扶贫去了，职务是农技助理员。

# 一张假币

张老头和秦老头原在一个厂上班，两人又同时办了退休手续。

张老头在家开了个小百货店，生意清淡。秦老头闲着无事，就常常来和张老头下两盘棋，打发寂寞的时光。

有次秦老头拿一张一百元的钞票买一包"云仙"烟，"云仙"四元五一包，张老头找给秦老头余钱，秦老头数也没数往口袋一塞，两人继续下棋。

第二天，秦老头到邮局交电话费，谁知那张五十元从窗口退了出来，收费人说是假币。秦老汉愣了，这张五十元币正是昨天张老头找给他的。他不禁心里冒火，这老张，竟将假币找给我！他当即就去找老张理论。可走到老张小店门口，他又停住了脚步，心想，这么去找，老张未必承认。好你个老张，你欺到熟人头上来，我也就不客气了。他反身又去找老张下棋。他不断抽烟，也不断给老张头敬烟。烟抽完了，他对张老头说，再来包"云仙"，便从身上掏出那张五十元。他发现张老头脸色有点不大自然，说："又是大票子呀。"张老头拿给他烟，两人又继续下棋。

又一个午后，秦老头和张老头下棋。这天秦老头的棋特别臭。秦老头心烦，一支一支抽烟。烟没了，他叫张老头再拿一包。摸出钱来，他心竟一抖——没了零钱，又是两张一百元的。钱已掏出来，只好硬着头皮递给张老头。他在心里说，老张，千万别再找给我假钱了。老张找给他的钱，果然又有一张五十元面额的。当着老张的面，他不好意思验证。他心神不定，棋更臭了，只好把棋盘一推，对张老头说改日再来。

拐过一个巷口，秦老头立即掏出钱，仔细一看，果然又是上次那张五十元的，他狠狠骂了张老头一句。但有了上次的经验，秦老头又不那么火了。

过了几日，秦老头又如法炮制，仍用那张假币从张老头那儿买了一包烟。

这么一来，秦老头不但一点不生张老头的气，反而觉得很有趣，好像他在和张老头做一个游戏。这样，他明明有零钱，却偏偏拿百元面额去买，张老头找给他的钱中照旧有那张五十元的假币。下次他就用这张假币到张老头那儿买烟。

秦老头有时在心里琢磨，这么一来，这张假币根本和真钱没有区别嘛。

就这样，那张假币一直在秦老头和张老头之间辗转了好多年。

这天秦老头正在喂鸟，老婆回来对她说，张老头突发脑溢血死了。真是命无定数，昨天张老头还和他下了两盘棋哩。秦老头悲凉了好一阵子，他摸出烟抽了起来。突然想起来昨天刚用一百元从张老头那儿买了一包烟，口袋里还塞着张老头找给他的五十元假钱哩。这老张，说走就走，可我这五十元钱还没到你那儿花掉呢，这可咋办？

作为以前的同事和后来的棋友，秦老头是要去张老头家吊丧的。秦老头灵机一动，干脆就用这张假币做礼份子，也算是物归原主嘛。

吃罢饭，秦老头便揣着那张假币去了张老头家。他几乎是颤抖着手将"钱"递给了张老头的儿子。

谁知张老头的儿子虽处在失父的悲痛中，却并没有因此糊涂，他接过秦老头的"钱"用手捻了捻，对秦老头说："秦叔，你这张钱是假的。"不客气地退了回来。

秦老头愣在那儿好半天，差点哭了。

# 礼 物

那天，若不是雷顺自我介绍，杆儿村人怎么也不相信从锃亮的轿车内钻出来的西装笔挺腆着大肚子的男人就是当年的小顺子。

雷顺忙不迭给村邻递烟，恭敬的举动却掩不住得意的神色。

杆儿村没有人不知雷顺的。他自小爹娘双亡，是东家一口饭西家一勺汤将他喂大的。百家饭将他调养得健健壮壮，但也养成了他一副好吃懒做的贱骨头，成天游手好闲、偷鸡摸狗。都说兔不吃窝边草，他连左邻右舍的东西都偷，真把杆儿村人气昏了，说早知如此莫如当初将他扔到野外喂狗。终在他一次偷了村长家一头驴卖了钱在外过了几天花天酒地的日子回来后，被村长带人用乱棍将他赶跑了。村长发誓就此开除他的"村籍"，再回来就砸断他的腿。

想不到他这一回来，却令人刮目相看，连村长也上门去看他哩。

原来，雷顺外出后，凭小聪明学了修钟表的手艺，积了一些钱，开了个钟表店，生意越做越大，后来又开了电子公司，还把生意做到了国外。现在他的总公司就设在新加坡。他说多谢乡邻们当年的棍子，否则就没有我今天的雷顺。这次回来，他就是想在家乡投资办厂的。

这事传到乡里，连书记、乡长都来了杆儿村，对雷顺的举动大加赞赏，希望他为改变家乡贫穷落后面貌贡献力量，并特意在镇里最上档次的鸣泉酒家为他接风洗尘，书记、乡长一左一右陪着。

离乡前，雷顺也设宴回请了书记、乡长一班人。脸酣耳热，酒足饭饱，雷顺随手从衣袋内掏出一个精制的盒子，打开，发给每人一支牙签，自己龇起嘴剔起牙来。离座后，他随手把牙签往地上一扔。

却见乡里干部走时，把牙签悄悄握在手中。

雷顺脸上露出鄙夷之色。

次日，雷顺决定返回新加坡。当乡长问及投资之事时，他说："对不起，我决定不在这里投资了。"把乡长弄得很尴尬。

后来秘书问："雷总，你怎么又改变了主意？"雷顺正色道："传闻国内一些官员不洁，亲目所睹，果真如此。试想，连一根金牙签都贪，我把资金投放这里能放心吗？"

动身前，雷顺的轿车前围了一群读书的娃娃。一个领头的女娃向雷顺送了两份礼物：一个信封和一个红布包。信封内是一封感谢信，感谢雷顺为家乡小学捐款 1 万元……落款是杆儿村小学，全体师生。

1 万元——正是 10 支金牙签的价值。

他又打开红布包，包内是一把泥土。

一把杆儿村常见的黄泥土。

# 张小喇叭

五港乡广播站站长叫张小窄，可没有几个人喊他的大名，都叫他张小喇叭。

五港乡其他不出名，可喇叭出名，是全国乡办广播先进县、示范县。北京部里的大干部都来五港乡开过会，好多县乡的广播站都来五港参观学习过。五港的广播办得好呀，经验值得推广呀！跟着出名的就是乡广播站站长张小窄——张小喇叭。

张小喇叭只有小学毕业，并无多少文化，但很聪明，从小就爱捣鼓那些旧收录机、喇叭。上世纪五十年代，农村这些玩意儿还罕见，张小喇叭就去县城收购站淘废品。后来，就在乡街头开了个收录机维修店。其实来修理的没有几个，但张小喇叭爱好呀，凭这股劲他要把店铺撑下去。

还别说，张小喇叭的机遇来了。县里要普及有线广播，五港乡被定为试点单位，要筹建广播站。这时公社书记想到了张小喇叭，公社书记有一台收音机，有毛病了就找张小喇叭修，对这个做事认真也挺聪明的青年印象不错，就决定让他参与筹建工作。

张小喇叭总算抓住了展示自己的大好机会，和县里派下来的工作组配合得很好，整天扎在工地，不要命地干，很快把整个公社的广播网络建起来了，受到了工作组和书记的一致好评。作为筹建有功人员，张小喇叭被安排到广播站做了技术员。说是技术员，那时也没什么正规建制，县里工作组撤走后，只有张小喇叭一个人，大事小事一把抓，成了实际上的站长。

当然起先工作比较简单，主要是维护广播线路，让县广播站的节目能传到家家户户。但张小喇叭是个聪明人，他不甘于做墨守成规的事，他要好好利用这个阵地，为公社领导服务，为社会主义建设服务，为广大工农兵服务。以前公社召集大队干部开会都是通讯员骑自行车挨村跑，他去找公社书记，说以后开会可用广播通知，这样既快又节省人力。公社书记采用了他的建议。张小喇叭第一次播公社通知的时候，连公社书记都在想，张小喇叭从哪里找来这么个播音员，普通话说得这么好，声音也好听，没想到播音员就是张小喇叭。张小喇叭好学，自筹建广播站他就悄悄跟着收音机练习普通话了，而且还注意发音方法，用假嗓子讲话。起初连他自己也不相信，自己的声音从喇叭里传出来，跟变了一个人似的，有磁性，好听。接着公社每次开会，张小喇叭又把公社书记、革委会主任的讲话录下来，通过广播向群众播放，使公社领导的声音传到千家万户。

公社领导们对张小喇叭的工作很满意，都夸他是个人才，不久，就正式任命张小喇叭为公社广播站站长。

每年冬闲，农村都要进行河道疏浚，张小喇叭就把广播设备运到工地上，放歌曲，喊口号，播工程捷报，鼓舞士气。他用抑扬顿挫的声音在麦克风前喊："同志们啦，加油干啦，抓革命啦，促生产啦！""五港人民志气高，千斤重担不弯腰；五港人民喊一喊，天公阎王吓破胆！"

张小喇叭爱动脑筋，受领导器重，他决心再接再厉，把工作做得更好。以前播公社领导讲话都是放个录音就行了，现在他播领导讲话前又加了自己写的导语，这样讲话就变成新闻了。经常听到他在广播里说："全乡广大干群同志们……"家家户户都通上了喇叭，村村村头都安上了大喇叭，全乡人民都熟悉了他充满激情富有磁性的声音，张小喇叭这个名字就传开了。有个很漂亮的村小学教师，很喜欢听张小喇叭的声音，鼓足勇气花了三个晚上给他写了封求爱信。没想到见了面后才发现张小喇叭身材矮小，其貌不扬，还有点斜视。但因他的声音留给她的印象太好了，还是和他建立了恋爱关系。

后来，张小喇叭又在广播节目中增加了其他新闻，以及群众小演唱，这样，五港乡广播站成了全地区第一家有自办节目的乡广播站。区里又把五港乡作为一个试验点，在全区推广五港乡的经验，并作为典型上报，得到了上面的肯定，组织县乡一级的广播站来取经。五港乡广播站和张小喇叭可谓红极一时。

世事变化大，改革开放后，很多人家都有了电视，广播喇叭很少有人听了，有的村广播线路断了也不上报维修。张小喇叭就很生气，在喇叭里向全乡群众宣传："谁说广播过时了？这种思想要不得，广播依然是党和政府的喉舌，是宣传战线的重要工具……"

接下的变化更大，城里都看有线电视了。乡广播站分来个转业军人小梁，说我们乡是有线广播的典型，应该再树个有线电视的典型。他想张站长是个有开拓精神的人，肯定支持，没想到张小喇叭却一个劲地摇头，说我们有小广播这块牌子就够了，为什么要随大流赶时髦？现在有人认为小喇叭过时了，这是一种落后思想，小喇叭永远不会过时，中央电台不是依然很火吗？小喇叭是为社会主义宣传、为我乡的精神文明建设作过贡献的，我们不能丢！有必要我们可以装发射台，让全乡人民听无线广播，让小喇叭更响……

说着说着，张小喇叭就到了退休年龄，小梁还是把有线电视网在全乡布起来了。

很多村村头的大喇叭都拆下来了，张小喇叭充满激情且洪亮的声音再也不能通过喇叭传出来了。退休后，张小喇叭感到很失落，在家里安装了一套扩音设备，常常一大早起来就放音乐，是乡广播站以前的开始曲《农家乐》，放完了，就对着麦克风叫老婆："起床了！"老婆做好了早餐，他又对着麦克风喊全家人："吃饭了！"然后全家人在诸如《在希望的田野上》等激情的老歌中吃着早餐。孩子们上班后，他就放以前自己编的广播节目，常常一个人坐在扩音器前，清了清嗓子，对着麦克风说："广大社员同志们……"

# 野 兰

野兰钻出玉米地就狂奔起来,高跟鞋跑掉了一只也顾不上捡。

跑到公路边,拦上了一辆过路客车,车门"啪"地一声关上,她才舒了一口气,一屁股坐到车厢里。

终于逃脱虎口了!她的心平静了许多。

4年前,野兰去城里卖菠萝。山里孩子难得进城一趟,卖完了菠萝,她就沿街转,尽管是小城,毕竟比山里强多了。商店里琳琅满目的商品使她眼花缭乱。

就这么转着逛着,等她走出一家商店门时,天已快黑了。她赶往车站,已错过了最后一班发向山里的班车,只好住进了一家个体旅店。

她睡前隔壁住着的一个女人过来向她要开水喝,她就给那女的倒了一杯。

女人捧着茶杯并没有立即走,而是坐下和她攀谈起来。女人说她是一个大厂的干部,这次出来联系业务的。她说他们厂正在招工,如野兰愿意的话,她可介绍野兰到他们厂当工人,每月能拿四五百元的工资呢。野兰动心了,说我得回去和父母商量商量。女人说我明天就得回去了,再说过了招工日期就不收人了。

这么简单的骗术就把野兰骗上了车,最后她被女人卖给了一个大她20多岁的光棍汉。

野兰曾想出不少方法逃走,可这家看得很紧,野兰逃了几次都未成功,反而被男人抓回来一顿猛揍。

说实话,如果不是她总想跑,男人对他还是不错的,从不要她做重活。在家里也就是做饭、洗衣、看电视。生活也不差,青菜豆腐加米饭,隔三差五吃顿肉。

后来，野兰渐渐和村上人熟了，还学会了看纸牌、打麻将，日子过得倒也清闲。只是不管走到哪儿，身后都有小姑子跟着，野兰没法逃。

一年多后，野兰生下个儿子，胖乎乎的很是可爱。可野兰不喜欢这娃儿，看到他，野兰就想起使她心肝撕裂的那个夜晚。

有了娃的野兰就整天抱着娃儿，东一家西一家地串门，慢慢地还学会了村里人的方言，和人们说话聊天，像个标准的小媳妇了。

其实，野兰一天都未动摇过这样的决心：一定要逃出去！

这天，她领着娃和小姑子去赶集，她谎称上厕所，将小娃让小姑子带着。趁小姑子不注意，溜出了厕所，又钻进了一块玉米地……

汽车到了省城，野兰又换了列车，几经周折，终于到了日思夜想的小村了。

站在村口，野兰激动得哭了。好一会儿，她才擦干了泪，向村里走去。几年不见，一切还是当初的模样。山，还是那么荒凉；屋子，还是那么破旧；路，还是那么坑坑洼洼。

爹娘见到她，差点认不出她来了，先是一愣，接着双双搂着她，哭了。

村里人闻讯，也都来看望，问这问那。野兰本想对他们讲自己被骗的经过，可话到嘴边又咽下了。只说那次她进城迷了路，搭错了车，想回来又没有车费，只好打工。后来进了一家工厂，当了工人。

野兰向爹娘打听阿玲的情况，娘告诉她阿玲已经嫁人了。第二天，野兰就去另一个村子看望阿玲。阿玲是野兰的好友，读初中时两人趴同一张桌子。阿玲作文好，还爱好写小说，初中毕业后在家还很爱看书，不知她现在生活怎样？

跨进院门，一个衣服邋遢的女人正在喂猪，背上背着个小娃。女人抬起头，野兰真不敢相信就是阿玲，头发很乱，皮肤晒得黑黑的，脸上还裂了一道道口子。阿玲说，小娃多，整天又要干活，唉，这就是女人的命。

野兰本想把自己的遭遇只讲给阿玲一个人听的，可此时她已不想说什么了。

眼看到了收甘蔗的季节，野兰跟爹娘上山砍甘蔗。以前野兰半天砍下一大片甘蔗背不痛腰不酸，可现在每一刀下去，都震得她膀子生疼。不一会儿，汗就顺着脸颊往下淌，把全身弄得燥痒难忍。

砍了一片，又打捆往山下背。野兰打了几次捆都松了扣，爹娘帮她打好了，她费了好大的劲才站起来，觉得背上的甘蔗山一样沉。

好不容易收完了甘蔗。

野兰想了几天几夜，终于对父母说，我要赶回上班了。

回到曾经令她生厌的家，野兰竟有了新的感受。这回，男人没打她，倒是意外的惊喜。

当晚，野兰提笔给好友阿玲写了封信，她写道：

阿玲，我在这里生活得很好……

# 大家子弟

在里仁镇，傅少迟也算是个有趣的人。

他家是里仁望族，据说在他祖父那辈，有良田千顷，牛马成群，家丁数百。可惜他父亲好吃懒做，还喜欢逛窑子，这么一折腾，到了傅少迟手上，就只剩个空架子了。傅少迟苦心经营，无奈兵荒马乱，战事不断，所以并无多大起色。

但人活一口气，这大家的架子仍要撑下去。

以前，傅少迟是每天吃两顿酒，现在傅少迟每天仍要吃两顿酒，午一顿，晚一顿。

这下酒的菜就简单多了，一般只有两个：一碟花生米，一碟豆腐丁，或是一碟盐水豆，一碟萝卜干。说是一碟，其实也就是巴掌大的盘子，很少的下酒菜还都凸在碟心。

傅少迟吃得很斯文。抿一口酒，吃一筷菜。这一筷也就是一粒花生米一小丁豆腐之类的。一粒花生米要在嘴里嚼上半天，萝卜干么，一条要分几口吃。

尽管下酒菜很少，往往吃到最后还剩一两块豆腐几粒花生米。说是剩，其实是留下的，也就是说是傅少迟从牙缝省下的。穷人吃饭喜欢狼吞虎咽，一扫而光。傅少迟留下这点菜却毫不犹豫地倒进泔水桶，是颇有些意味的。

他家屋后有一片竹林，有时，傅少迟会去林子里砍下一棵竹子断开，选一两节好的放在瓦楞上晒。闲下的时候，他就把竹节劈成细细的一小条一小条。做甚？做牙签。生在那个富贵的家庭，傅少迟很小的时候就学会了剔牙——那些大鱼大肉爱往牙缝钻哩。久而成习了，现在虽然很少吃肉，就是吃几粒花生米、几口青

菜，傅少迟照样捏一根牙签于右手，左手掩着嘴，斯斯文文地剔牙，就像有人饭后必须喝茶抽烟一样。

有回他买了半斤豆腐，切成小块，撒上蒜汁，倒点酱油拌拌就喝起酒来。喝好了，从陶瓷杯里抽出根自制的牙签，剔牙。串门的袁六见了揶揄道："傅大少爷，豆腐也塞牙吗？"傅少迟一语双关地说："嗯，这人不走时呀，喝凉水也塞牙呢！"

"文化大革命"时，傅少迟和几个地富反坏右被群众揪到会场上批斗，中午关在大队部。看守的民兵吃饱喝足之后，只给他们提来一锅能照见人脸上寒毛的玉米面子粥，规定每人只能吃两碗。其他几个人都很快大口大口喝完了，喝完了之后还伸出舌头舔，将碗底舔得干干净净，碗沿舔得油光发亮。傅少迟在心里骂他们："穷相！"自己慢条斯理一小口一小口喝，最后还留下了两口。他饱了吗？没有。吃饭总要留点，傅少迟习惯了。但这次他没想到两口稀粥会给他添了麻烦。民兵收碗时问有剩粥那碗是谁的，傅少迟说是我的。民兵一把揪住他的头发把他的脸按到碗边："给我吃干净了！"

下午批斗的时候，傅少迟又多了一条罪状——浪费粮食，不珍惜人民群众劳动成果，被重点批斗到天黑。

后来，傅少迟被安排到镇小学教书。傅少迟干得很认真，吃住在学校，每天仍是两顿酒。

# 扶　贫

　　这年夏，县委决定下派一批干部到全县最贫困的石洼乡扶贫。供电局的老崔、物资局的老袁、农科所的小绍被分在一个组，到石洼乡最贫困的驴儿店村蹲点，老崔被推选为组长。

　　到了驴儿店，老崔对村长说，带我们去最穷的一户看看吧。村长便带他们上了山。半山腰有两间石墙草屋，几个孩子在门前玩耍，一个女人在劈柴，见村长带人来，忙站起身，把村长他们让进屋。屋内幽暗、潮湿，有一股霉味，一个男人躺在床上干咳不止。村长介绍说，户主丁根满患重支气管炎，长年卧病在床，还有一个老娘也是不死不活的。他们这才注意里间床上还躺着一个老人。村长说，里里外外全靠丁根满媳妇一人，所以特别困难。3个女娃，大的都12岁了，还没进村学堂。

　　小绍问：这么困难，怎么还生那么多孩子？

　　村长说：他家就根满这一病鬼，将来没个男娃能行？再说，他家这么穷，罚款对他家也起不了作用。

　　这时根满女人用大碗端了茶过来，两个奶子在衣服内一颤一颤的。小绍朝老袁瞄一眼，见老袁两眼紧盯着那女人的胸脯，直至女人把茶递到他手上，才收回目光。

　　老袁说：想不到现在还有这么穷的人家。这样的人家不扶不行。老崔，这户就算我的"点"了。村长，首先把那两个大一点的孩子交到学校去，学费由我们物资局出了。

老崔他们几个被安排在村部临时腾出的一间房子里，这里还没通上电，晚上连个电视也没有看的。几个人闲聊了一会儿，再无什么话题。老袁提议说我们来"捉乌龟"吧，可小绍说不会，几个人只好睡去。

第二天晚上老崔说，他妈的，得想法丰富一下生活。正在这时，村长来了，对老崔说，这里也没什么好玩的，委屈你们了。我陪你们搓几圈麻将怎么样？老袁和小绍都推辞。村长就把老崔带走另找人去了。

老袁和小绍坐了一会儿，也是无话。小绍就翻那些带来的《土壤的利用和保护》、《蔬菜栽培技术》等农科书。老袁说，小绍你看书，我出去转转，这屋里太闷了。

老崔今晚牌局不错，一连成了几牌，情绪特别高亢，每出一张牌，都把桌子拍得山响，常把煤油灯震熄了。他说，这鬼地方，到现在还没通上电，明天我就给供电局挂个电话，给你们村架电。

第三天，果真有一辆卡车，一路将电线杆放到村里，不几日就通上了电。村长紧握老崔的手说，谢谢你，谢谢你，为我村办了一件大好事！

老崔为驴儿店村装上电，老袁也不甘示弱，对村长说，干脆给你村都现代化，把电话也装上，钱由我们物资局出。

不几日，村里就装上了电话。老崔每晚都出去"筑长城"，老袁每晚都出去溜达，小绍依旧闭门啃书。一天晚上小绍看书倦了，就走出门来散步，沿着山径，不知不觉转到了半山腰，见丁根满家还亮着灯，想起第一次去他家的情景，就想去看看。前面有两个人影，见小绍来，似乎想躲，可已经来不及了。近前一看，原是老袁和丁根满媳妇。老袁说，是小绍啊，根满家这么困难，我溜达着就顺便过来看看了。小绍笑笑，是哩，是哩，我也是顺便来看看的。

老袁去了一趟城里，回来带来鼓鼓囊囊一包东西。老崔说，老袁，给我们带来什么好吃的东西了？小绍伸手就抢过老袁的包打开，在包的一侧，看到了一个乳罩。他装着没事似的，和老崔分享老袁从城里带回的罐头。

几天以后，小绍在路上碰到丁根满媳妇，见她衣服内的两个奶子不那么颤了，显然戴上了乳罩，便想老袁这家伙真有一手。

年底，扶贫干部全部回城，县委在机关食堂摆了几桌席为下派干部接风洗尘。县长端着酒杯，来到老崔他们这一桌，说：大家辛苦了。老崔，听说你们这一组干得不错嘛！你为驴儿店村架了电，经济要发展，电力要先行嘛，这一步走得好！来，我陪你先干了这一杯！老袁，你们物资局为驴儿店通上了电话，消灭了我县最后一个无电话村，功不可没！现在是信息年代，信息不通就闭塞落后，闭塞落后就不能脱贫。哦，听说你们物资局还资助一户贫困孩子上学。扶贫要扶智，眼光长远啦。来，我陪你干了这一杯。

县长把酒杯伸向小绍，问这位年轻人是……老崔忙介绍：这是农科所的小绍。县长说：农科所的？好，贫困地区农业的发展，离不开你们的支持，这次下乡有什么成果啊？

小绍想说我写了一份关于如何改良土壤加快驴儿店村农业发展的计划，可话到嘴边又咽了回去。

# 闲　事

张先生到新单位时间不长，分房一时还轮不到他。起先他是住集体宿舍的，宿舍里那帮哥们，下班不是搓麻将就是喝酒。张先生有点文学功底，业余时间喜欢写点东西，向报刊投稿，可在这样的环境里连报纸都看不下去，更不要说写点什么了。他只好搬了出来，租了一间民房住。一个人一个小天地，张先生终于能静下心来写作了。

今晚他刚拧开笔套，就听见隔壁有吼叫声，是房东夫妻在吵架了。隔壁的吵闹声越来越大，继而听到摔凳子脸盆水瓶的声音。张先生实在写不下去了，他步出门外，想过去劝劝，可房东的门关得紧紧的。他又回到屋内，这时隔壁的吵闹声更厉害了，好像还动起了拳头、巴掌。俗话说吵架望人劝打架望人拉。张先生想自己就住在隔壁，不去劝似乎说不过去。他走到房东门口，欲举手敲门，一想又不妥。城里夫妻吵架可不同农村，农村夫妻吵架大嗓门站在门口喊，喊够了叫众人评理。城里夫妻吵架大都关上门，这关上门你不知人家吵什么，还怎么劝呢？问人家为什么吵的，你想打听人家隐私啊？想到这，张先生举起的手又停下来。

张先生就这么从屋里到屋外，又从屋外到屋里，搓着手干着急。

隔壁仍是硝烟未散，战火频频。

突然，张先生听到女房东大叫：救命，救命啊！

人命关天，夫妻打架致死的先例也不是没有的，出了命案可是大事。张先生顾不了那么多了，一改平时的懦弱气，用百米冲刺的劲头，一下子就把门撞开了。他看到了一个定格镜头：男的骑在女的身上，双手揪着女的头发。

看到进来的张先生，两个人都停止了动作。愣了一下，男的松了揪头发的手，站了起来。女的也慌忙爬起来，发现胸前的衣服被扯开了，忙转过身去。

张先生这时倒不知说什么好了，好一会才结结巴巴地说："不打了好，不打了好，和为贵，和为贵嘛。"一边说一边往后退，转身逃出了门。

张先生刚出去，女的就过来关门，可关了半天没关上。男的过来问："怎么啦？"一看，原是门锁被张先生撞坏了。女人骂了声："晦气！"男人拿来锤子螺丝刀，忙了好一阵也未弄好。

男人愤然："老张这人，真他妈没教养，不打招呼就把门踢开了。"

"人家吵架和他有什么相干，真是多管闲事。"女人也附和。

男人又说："我看这家伙神经有问题，经常大半夜还不熄灯，有时夜深了还站在院子里朝天上望，又不是小孩喜欢数星星。"女人说："我看他平时望人的眼神就有点阴森森的。"说着，忙把胸前撒开的扣子扣上。

男人突然想起刚才张先生进来的一幕，气更不打一处来："这家伙肯定不是好东西，要不怎么 40 多岁了还没个家，在外面租房子住。明天撵他走！"

"对，明天撵他走！"女人又忽然想起："这锁……"

男人说："叫他赔！"

女人也说："对，叫他赔！"

# 卖鼠药的男人

　　卖鼠药的男人从哪里来，没谁知道。人们总是在城市的大街上或深巷中见到他。

　　卖鼠药的男人常常穿着件脏兮兮的白大褂，前胸和后背都画着一只大老鼠。卖鼠药的男人就成了一幅流动的广告，看上去有点滑稽，有点逗人。但人们并不因为其滑稽和逗人就宽容和接纳。卖鼠药的男人在城市里总是充当被排挤的角色。

　　卖鼠药的男人将鼠药袋挎在肩膀上，手里拿着类似说快书的那种竹板，边走边敲打着。没有解说词，但人们一听到这声音就知道是卖鼠药的。响着的竹板就是卖鼠药男人的语言。

　　城里的老鼠究竟有多少，没有谁去精确地统计过。不过，卖鼠药的男人认为城市里的老鼠有很多很多，以至于他不用闭上眼睛就能想象出一只又一只老鼠在城市的各个角落乱跳乱串。他甚至能清晰地听到老鼠啃衣服的声音，啃皮鞋的声音，啃木地板的声音，啃保险柜的声音，很令人恐惧和讨厌的声音。因此，卖鼠药的男人总认为自己的鼠药没掺假，生意会很好。他满怀信心地在城市的街道上走着。

　　事情并不像他想象的那么好。城市人并没有像抢购彩票或股票那样去买他的老鼠药。大多数人对他都采取漠视的态度。他还经常遭城管人员的驱逐，有时还遭交警的呵斥。这一点让他很失望也很伤心。他弄不明白。他想，咱尽管是为了挣钱养家糊口，但也是为了帮你们灭鼠呀。老鼠是"四害"中的首害，帮你们灭鼠有什么错？

　　卖鼠药的男人像个异类在城市的马路上走着，连蹬三轮车的车夫也瞧不起他，在他后面老远高声嚷着，让开，让开。那些刚从农村来城里不久嘴唇涂得红红的乡下妹，见到他走过来，也装模作样地用手捂着鼻子。卖鼠药的男人愤愤地想，我比你们干净。

　　有一天，卖鼠药的男人见路边平躺着一个乞丐，动了恻隐之心，就往乞丐的破碗里放了一元钱。刚要走，那个乞丐却叫住他，将一元钱还了他，对他说，你也不容易。那一刻，卖鼠药的男人竟激动得差点儿掉下泪来。

　　两个小妞吃着羊肉串在路边闲聊。其中一个小妞说，前天买了一双袜子，刚穿了一天就被老鼠咬了一个洞。卖鼠药的男人便走过去对那个小妞说，买一包鼠药吧，我的鼠药绝对正宗，老鼠一吃就死。那个小妞把头扭过来，恶声恶气说，走开，你比老鼠还讨厌！

　　一天，一天，卖鼠药的男人在城市里固执地走着。他相信自己终有让人们信任的时候。

# 特型演员

我们科的科长申小西是个公认的好人，为人宽厚随和，和大家相处得都不错，有他带头，我们科可以说是个团结的集体。

有趣的是，申小西的长相却不是那么可爱。说起来你也许不信，他长得很像希特勒，矮矮的身材，微胖的脸，短短的下巴，唇上还留着一撮小胡子。

也许是相处久了，他这个特点一直被忽略。直至有一天，同事的一个朋友来我们单位玩，私下对同事说，这个人长得怎么那么像希特勒呀。

我们再细看着，可不是嘛，那身高，那形态，活脱脱一个希特勒再世。

我们以后就经常打趣地叫他希特勒，还起哄耍他模仿希特勒讲话。为了逗我们一乐，他开始搜罗希特勒的影像资料，模仿一些希特勒行动的片段。

我们都喜欢他这种乐观开朗的性格，可是没想到模仿希特勒会给他带来不幸。

我们单位虽是某行政事业单位，可也不是那种很严肃的机关，属于那种婆婆妈妈型的单位。但是单位的头儿肖领导总喜欢一脸严肃，把单位弄得跟执法机关似的。

申小西模仿希特勒逗笑的事不知怎么传到了肖领导耳朵里，肖领导认真起来了。他把申小西叫到办公室，说希特勒是个法西斯坏蛋，作为一名机关工作人员模仿他的行为显然是不妥的，要求申小西赶紧把小胡子刮了。

申小西本来是个服从领导的下属，可这回不知怎么犟起来了。他想都什么年代了，没听说哪个单位对长相都管的。长得像希特勒也有错吗？难道非得长得像伟人？肖领导说："我就不准你像希特勒！"小西气得一扭头走了，心想我就是不去刮胡子，看你怎么着！

没想到过了不久，肖领导竟然给申小西找了个鸡毛蒜皮犯错的理由，把申小西的科长给"拿"了，一脚踢到后勤上做勤杂工。

一天，申小西正在街头行走，突然被一个人叫住了，申小西的命运就此得以改变。

这个人是某电影公司的导演，在筹拍一部反映二战的片子，申小西从他眼前一晃，就晃进了他的视线。

没想到从没经过专业训练的申小西，竟然把希特勒的凶残、狡诈、自负演得惟妙惟肖，一下子红了。

有影视公司要调申小西去做专职演员，可肖领导死活不放人，说，申小西是我们单位的人才，绝不能拱手让人。他找到申小西说，我们不影响你演戏，可以办停薪留职手续嘛。申小西无奈地笑笑。

不久，肖领导竟升迁了，调到文化部门做了领导。据说政绩之一，就是他在单位培养出了一个电影明星。

成为明星的申小西，模仿希特勒更惟妙惟肖了，一言一行，都活脱脱希特勒的样子，走到哪儿都被人"希特勒、希特勒"地叫着，真名反而很少有人叫了。

一次，申小西应邀来家乡参加一个文化节，肖领导和一帮人去机场迎接，肖领导快步上前，一把伸出宽大的手掌，紧紧握住申小西的手说：

"希特勒，你辛苦了！"

# 蓝先生

蓝先生是个文人，长得瘦瘦的，看到他就使人想到郑板桥笔下的竹子。

蓝先生是写诗的，且大都是爱情诗。平时，他的头发、胡子总留得长长的很有风度。

在我们几个文友当中，蓝先生算是很有成就的一个，至今他已出了三本诗集，一本诗论。

大凡诗人，都是有些怪癖的，像陶渊明爱菊，李白爱酒。没有怪癖大概也成不了诗人。

蓝先生自然也不例外。

他的怪癖是写作时很讲究氛围。只有待在特定的氛围里，他才能写出好诗。

这些年，财富新贵随处可见，把文人的落魄寒酸一下就比出来了。蓝先生靠几个工资一点稿费，生活就显得窘迫。老婆的叹息唠叨声充斥于他的耳膜。蓝先生失去了那美好的氛围，也就没了灵感。

一气之下，蓝先生借了一笔钱，与几个文友合开了一家贸易公司，生意很是红火。事实证明，蓝先生不仅会写诗，也会赚钱。蓝先生毕竟不同于一般俗气的商人，他在生意场上也没丢掉诗人的气质。可以这么说，很多生意的成功正是得力于他的诗人气质。他从不在酒桌上和歌舞厅与客商谈生意，他认为在这样的场合谈生意是俗气，是生意人的通病。他喜欢自己驾车带着客人到郊外的山河边，沿着小河散步，像两个久别重逢的老朋友一样，边走边聊，聊着聊着，生意就谈成了。蓝先生心里明白，是他选择的氛围好。

　　蓝先生不拘小节，除老婆之外也是有两个情人的。他是个诗人，在这点上当然也不像一般的生意人连酒店的服务员和车站的拉客女都睡，战战兢兢干完那事提上裤子就溜实在没啥意思。

　　他在市郊买了两幢小楼，分别住着他的两个情人，随便他走进哪幢小楼，都像回家一样，在温馨的房间里做温馨的梦。

　　幸运不会永远光顾哪一个人，蓝先生不幸患了绝症住进了医院。蓝先生的老婆来了，两个情人也来了。

　　蓝先生躺在床上不能动，三个女人都围着蓝先生转，争着为蓝先生服务。蓝先生看着难受，想换个护士看护，可没一个女人肯走。她们知道蓝先生手里有一大笔款子。

　　几个女人为了讨蓝先生欢心，尽量忍耐。有一天还是忍不住了，在病房里吵起来了，嘴角骂得吐白沫不解气，就动起了拳脚，三个女人扭成了一团。

　　等她们骂够了，打累了，蓝先生眼睛也闭上了。

　　蓝先生这一辈子讲究氛围，却万分没想到自己会在这样的氛围中就那么走了……

# 磨刀人

　　风从他的担子上刮过，似乎都很锋利。

　　古老的职业并没有因现代文明而消失。不管时代如何变化，科技如何飞跃，菜刀却是最基本也是永远需要的日常用具，而一把好的菜刀并不是谁都能磨出来的。磨刀这一稀少却不可缺的行当成了磨刀人的生存手段。

　　磨刀人来自乡村，他们淳朴的智慧，往往精于粗拙又有点精巧的活儿。

　　一条长凳，在肩上是扁担，放下来就是马匹。磨刀人骑在马上，让刀在石上飞快地行走，走出火光，走出汗液。最后，宽厚的刀背下露出一线闪电，照亮日子，照亮生活。

　　磨刀人的心里揣着一团火，一缕风。有人送刀来磨，那股火焰就突突升腾起来，顺着刀柄，走向刀锋；那缕风，也随之而起，呼呼呼，从长凳这头刮到那头，然后飘向街道、闾巷，最后拐了个弯儿，遛进了谁家的厨房。

　　磨刀人听见了砧板的响声，看到了土豆、洋葱、番茄、黄瓜、大白菜在刀下跳跃，呈现着活色生香的生活图景。

　　此时，磨刀人却在这活色生香的图景之外。一块馒头，一棵洋葱，就是磨刀人的午餐。他吃得有滋有味，腮帮子塞得鼓鼓的，仿佛浑身的力气都集中到了嘴巴上。那是对生活多么容易满足的一种形象啊！

　　都市在他眼里没有风景，季节在他眼里没有差别。磨刀——磨刀——磨刀喽——一年四季他都吼着这单调的几个字，有那么点韵味，又有那么点苍凉，像刀锋一样穿透城市的上空，撕破那游移不定的云，切断鸟儿若有若无的叫声。

　　磨刀人离开乡村很久了，土地成了他记忆中最远的背影。但这背影在他心头纠缠，他始终没法摆脱它、甩开它。他曾在那里犁地、放水、种麦、割禾。他也是个侍弄庄稼的好手，但他更喜欢磨刀。和种庄稼比起来，他更会磨刀。他喜欢钝钝的刀口在石上任他灵巧自如地挥动。什么样的刀到他手下，都会变得寒亮逼人，斩丝割风。于是，他挑起了磨刀担子，远走他乡，做起了磨刀的营生。

　　磨刀人希望经他磨过的刀锋利、果断、不拖泥带水，刀锋下游走的是虽琐碎却有滋有味的生活，而不是劈不开的一截枯木，理不清的一团乱麻。

　　磨刀人四处游走，精神抖擞，行动敏捷，像他磨的刀锋，利索无比。

　　但有一天，磨刀人还是老了，担子在他的肩上有点吃力，刀在他的手下也有点沉重。在异乡的土地上，磨刀人左思量右思量，就这么老了吗？眉头紧蹙，嘴巴抖动，似乎有点不甘心。最后他还是决定认输，磨刀人从没做过违背自然规律的事哩。

　　磨刀人挑着担子，跌跌撞撞，走进了野草丛生的院落。走进厨房，磨刀人看到自己唯一的那把菜刀锈迹斑斑，锈蚀的岁月在上面依次呈现。瞬间，他双目潮湿了，继而有两滴泪重重地砸在刀背上。

　　磨刀人哭了，呜呜咽咽，像一把钝刀切着鸭脖子，时断时连，拖拖拉拉，不成形状。

# 蛇 王

蛇王是我童年的伙伴。

蛇王生于捕蛇世家，胆子极大。遇见蛇，我们浑身发毛，他却走过去，不慌不忙，猛捏蛇尾，提至半空，蛇便任他耍弄了。

甚至，他还敢把活蛇吞到喉咙，再拔出来。

蛇王的脑瓜不笨，却不思读书。有一回上数学课，他把蛇放在课桌上玩，气得女老师罚他擦了 5 天黑板。他怀恨在心，偷偷溜进女老师宿舍，把一条无毒蛇放到床上。年轻的女教师晚上睡觉时，被吓得哇哇直叫。

之后，蛇王就不上学了，跟他爹捕蛇卖。

我在西安读师范时，探家遇见蛇王。他穿西服打领带，脚上却套着一双沾满泥的解放鞋。他说："现在富人多了，专挑稀罕的吃。我每两天带着蛇跑上海一趟，票子没少赚。"

我毕业后，在外地教书。前不久，调回家乡。听说蛇王办了个养蛇场，还加工蛇罐头，规模不小，票子滚滚而来。蛇王更神气了。

更令人刮目相看的是，蛇王捐款 50 万元给村小学盖了教学楼，一时传为佳话，上了报纸、电视。

我为蛇王高兴：他过去不爱读书，可现在这么关心教育，真好啊！

到学校第一天，却听到了一个十分意外的消息：学校有 10 多名学生辍学了，都到蛇王那儿打工去了。蛇王上五年级的女儿也被蛇王叫回家了。"那女娃极聪明，成绩很不错。"教导主任对我说，"你和蛇王一块长大，能不能去他家劝劝，让孩子们复学？"

我来到蛇王家。小洋楼的门前立着一条狼狗，见人汪汪直叫。蛇王很高兴地把我迎进客厅，说："咱俩多年不见，喝两杯，好好叙叙，我请你吃蛇宴。"说着，领着我进了小餐厅。圆桌上十几个菜冒着热气。蛇王一一向我介绍，这叫虎踞龙盘（清蒸蛇肉），这叫银练飞舞（炒蛇肉丝），这叫浪里白条（蛇肉汤）……

一杯接一杯，喝酒。

不一会，我的头就晕乎乎的了。蛇王还一个劲地说："喝，喝呀！"直喝得两眼发红。

借着酒劲，我拐弯抹角地提起他女儿及其他孩子辍学的事。

他猛喝一口酒，喷着酒气："别……别用这些大话唬我，我是个粗人，可没有那么高觉……觉悟。我讨厌读书。哼，想当年我受老师的那份气，那……些成绩好的被老师宠，那个得意劲，我就窝火。是的，他们不少考上了大学，可那点工资，也真寒碜。我没文化，却盖得起教学楼！他们哪个能盖得起？我捐钱盖楼，就是要……要让他们瞧瞧我的……本事！

"我女儿，是我叫回家的；别的娃儿，可是他们父母托人说情我才要的哩。在我这里干一年，挣的票子比他们老师两年的工资还多哩。

"你若缺钱花，尽管从我这里拿，兄弟绝不说个不……不字。来，喝呀，喝……"

喝。喝。

喝到最后，我全吐了。

# 母亲的幸福树

母亲应该是个幸福的母亲。用她的话说，她有三个有出息的儿女。

姐姐是第一个走出家门的，她考上了戏剧学院。接着是我考上了船务学院，弟弟则在高中毕业后当了兵。

母亲很欣慰，可我们，却只是把牵挂留给了母亲。姐姐毕业后分到省城的淮剧团，但省城离我们家有 200 多公里路，她又常外出演出，一年至多能回家一两次。我毕业后在海轮上做事，难得有长假，弟弟远在西藏，我们往往几年才能回去一次。

特别是春节的时候，我们这个大家庭却没有别人家热闹，只有父母亲两个老人，显得冷清。

母亲常和父亲说，只要孩子们在外有出息，我们就开心，比拴在身边还踏实。

母亲 50 岁那年春节，姐弟三个约好一起回家。我们发现庭院里多了三棵香椿树，已有两人多高了。母亲说，这些就是你们。看着我们疑惑的表情，父亲走过来说，自你们一个个离家以后，她想你们，就在院中栽了这些树，她说侍弄这些小树，就好像在照料小时候的你们，她说它们是她的幸福树。

自从有了这三棵幸福树，母亲就不寂寞了。三棵树差不多大，但母亲按我们的乳名小大子、小二子、小三子编上号。刚栽下时的冬天，她把树苗用稻草严实地包扎起来，自言自语，冬天了，我的孩子们怕冷呐。春天来了，树梢冒出了嫩红的芽儿，她笑了，我的孩子们穿新衣服了。叶儿舒展的时候，她采一些下来，做蛋卷或拌豆腐吃。父亲逗她说，这些不都是你的孩子吗，怎么舍得吃？母亲笑笑，老娘伺候他们这么大，也该享点口福吧。

父亲说，你们的母亲有时真像个孩子。一次，一棵小树歪了，她说，小三子，你又调皮了吧，赶紧给我站好。然后她把树扶正了。有时刮风，树在庭院中摇摆，她走到"我"旁边说，海上起风了哩，你别忘了加件衣服。有次"姐姐"被风刮掉了一个枝头，她跑过去捡起断枝，哎呀，小大子的手受伤了。

有一天，邻居的一头牛跑到了我家小院里，蹭破了一棵树的皮，母亲挥起扫帚把牛赶跑了，嘴里还不住地说，该死的牛，欺负我家小二子。

过年时，母亲给每棵树都挂上很多小灯笼，红红的一片。她喜笑颜开地说，过年了，你们姐弟仨提着灯笼去玩吧，玩累了回来吃年糕。

弟弟在执行一次任务时因雪崩发生了不幸，再也没能回来。母亲时常摸着属于弟弟的那棵树说，小三子，你怎么不告诉妈一声就走了呢？我明明看到你还是那么精神，我的三子，你没有走，还在院里好好的，还在妈的身边。

现在我们看到这棵树，也确实感到弟弟依然和我们在一起。

母亲为我们护了一生的树。她去世后，我和姐姐想在院中给母亲种一棵树，父亲说，我看用不着，看着这些树，就像你们母亲还在照料你们，不是很好吗？我相信她还在看着你们长大长高哩。

于是，我们尊重父亲的意见。现在，"我们"都长得很高大了，又粗又壮。母亲仿佛依然在庭院中对我们微笑。

去年春节，我和姐姐都回家了，我们把三棵幸福树都系上小灯笼，对母亲说，妈妈，过年了，我们提着小灯笼来看你了。

# 小木匠

黄村有 4 个庄子，小木匠就住在黄庄后面的小圩庄。

60 多岁的人了，人们仍称其小木匠。其实他并不能算个木匠，只不过平时闲下来喜欢操起斧头凿子在破家具上敲敲打打或弄几条歪歪扭扭的凳子。

小木匠老实、木讷，就是平时碰上村上人，说起话来也打哆嗦，脸上挂着谦卑的笑容。他人勤快，和哑巴老婆侍弄几分菜地，一年四季都见他挑着水灵灵的蔬菜上集去卖。回到家，担子里总放着从路旁捡的砖头、树枝之类的东西。

小木匠有 1 儿 3 女，儿子有点傻，3 个女儿倒是鲜活水灵的。三女儿嫁给了黄庄的黄姓人。黄姓人在黄村是大户，村里的大大小小干部也差不多都姓黄。女儿嫁给黄庄，小木匠就有了靠山。自小木匠将女儿嫁到黄庄，黄村不少人这才看出小木匠并不痴，老实的外表下藏着精明和狡猾。

但小木匠好像也未得到黄庄人什么好处，一年四季仍挑着菜担子赶集，很少上女婿的门。

那天早上，小木匠在菜园浇水，女儿哭哭啼啼回来了，他以为和男人吵架了，等浇完水才进屋。听完女儿叙说，他头嗡地一声炸开了。原来，三女儿清早去山芋田割山芋叶喂猪，被村长尾随而去按在山芋田糟蹋了。

小木匠一时也没了主意，他抽了半包烟后，总算说了一句话："打电报叫皂儿回来吧。"皂儿是三女儿的女婿，在外打工。这时，皂儿的大哥黄皋来了，小木匠刚要开口，黄皋说："别说了，我都知道了，我有办法对付那狗杂种，叫三姑娘跟我回去。"

晚上，黄皋又来了，对小木匠说："事情我已弄妥了，你就别心烦了，这事不要对其他人说。"

小木匠也不知黄皋是怎么弄妥的，坐在板凳上，腰弓得很低，双手捂着脸，连黄皋什么时候走的也不知道。

"弄好了，弄好了，村长怎还好端端地当村长啊？"几天以后小木匠找到黄皋问。

"这你就不要问了，你想想，你女儿是黄家媳妇，村长是黄家人，假如把村长弄下台，换上别人，对我们家有好处吗？"

听完这话，小木匠没吭声。

不久，黄皂回来当了村里的电工，黄皋包了村里的机面房和鱼塘。

村里有什么杂工活儿，都叫小木匠去做。修修沟渠啦，看看水泵啦，得几个工钱。修林子，还可运回大堆大堆树枝，够烧整个冬天。

只是小木匠更加少言语了，见人又矮了一大截。

世事沧桑，前些年我回黄村，小木匠已成故人了。听母亲说，小木匠临终那天，日头很明，小木匠要家人扶他出去看看。乡下人迷信，都说重病人想见天日也就离去不远了，就带他出来看。按照小木匠的意思几个人扶着他来到庄头的一块石碾上，小木匠撒开家人，挺直了身子，对着黄庄的方向大吼——

"黄村长，我操你祖宗！"

骂完就倒地气绝。

# 寻 找

　　植小花是在去菜场买菜时看到小溪的照片的。

　　植小花是个理发的姑娘。她本是在镇里的丝织厂上班的，那时她正和镇上的小溪恋爱着。他们是中学同学，在校时就好上了。小溪是那种长得帅脾气坏的男孩，植小花心甘情愿爱他的坏脾气。他们都没有考上大学。植小花进了镇里的丝织厂，小溪则东游西荡，继续做些让人头痛却又无可奈何的事情：从水果摊捏个梨不付钱啦，在小店赊烟赖账不还啦，把人家停在路边的摩托车故意撞翻啦等等。后来，他终于闹了个大事，和镇上一个青年打架，把人家的一只眼睛打瞎了。出事后他吓得跑了。

　　他跑了，植小花可急坏了。他们虽然还没结婚，可是植小花怀孕了。家人都劝植小花把胎打掉，植小花不情愿，固执地生下了孩子，是个女儿，很可爱，有着植小花的眼睛，小溪的面容。这期间，小溪也一直没有和植小花联系。

　　孩子一岁多后，植小花辞掉了丝织厂的工作，决定外出打工。她先是来到省城，在理发店边做小工边学手艺。后来她自己开了个理发店。

　　眼下理发店一家接一家，竞争激烈可想而知，植小花如何求得生存之地？老人和学生来她的店，一律半费。有的老人行动不变，家人推着轮椅来，她让他们留下地址，以后定期上门服务。有这么好的声誉，来她这里理发的越来越多。她招了小工和学徒，双休日常组织他们到周边校园去义务理发。

　　电视台的记者得到线索，来她的店拍了专题片，称赞她是个优秀的打工妹。

　　令人疑惑的是，植小花的店总是在一个城市开了一年左右就关了，然后到另一个城市去开。其实，植小花出来打工主要是为了寻找小溪。

每次上街，她都期望在某个街角、某处人群突然看到小溪的身影。她甚至想，有一天小溪恰巧来她的店理发，她惊喜得一边笑一边流泪。事实上奇迹并没有出现。

没想到这天她去菜场时真的看到了小溪——只不过是一张照片，一张印在通缉令上的照片，贴在一面墙上！上面说得明白，本市某路段发生一起抢劫案。犯罪嫌疑人遭到抢劫对象反抗，持刀行凶，致死人命。

刹那间，植小花脸都白了，她几乎是恍惚着回到理发店的。在为一个顾客刮胡子时刮伤了顾客的下巴，惹得顾客大为恼火。

这个顾客刚走，进来一个人，植小花简直不敢相信，竟然是小溪，留着和以前一样的长发。小溪似乎没认出她来，他径直坐到椅子上，说理发。植小花给他围上围布，然后开始上洗发水。

就在这时候，植小花从镜子里看到了片警小梁向这边走来。她飞快地把洗发水揉开，泡沫一直涂到小溪的脸上。

小梁在店门口递进来一张和植小花看到的一模一样的通缉令，说，看到这个人，请立即报警。植小花忙说，好的，一定。小梁似乎还瞥了小溪一眼，走了。

小溪说，给我理光头。植小花机械地动着发剪。小溪走时低声对植小花说："我会来找你的。"原来他并不是没认出植小花。

第二天，植小花就关了店。

植小花回了家乡的小镇，后来再也没出来开过店。镇上的人有时问植小花，小溪找到了吗？植小花恼火地说："谁说我去找他了？他和我一点关系都没有。"

# 麻 三

麻三在村里是个不起眼的人物，平时有他无他都是一样，灶膛一样生火烟囱一样冒烟。连3岁的小孩也能欺侮他，常常一大群围在他身后尖着嗓门喊："麻三脸上麻子多，左一颗右一颗，数这颗忘那颗。"

麻三命苦。3岁死了爹5岁死了娘，两个哥哥丢下他不管，全靠乡邻们接济活下来的。

麻三极蠢。读了3年的书，识的字还没有脸上的麻子多，只好弃学背粪兜儿捧牛屁股。

麻三生性耿直，决不做谄媚之事。小日本打中国的时候有一帮鬼子进了村，一个满脸横肉的鬼子闯进他家要他打酒来喝，麻三从马棚里灌了满满一坛子马尿熏得这家伙直捂鼻子，趁其不备，麻三抄起宰猪刀砍下了他的头。

麻三也有被尊重的时候，那就是村上谁家死了人，抱尸首的准是麻三。也只有这时麻三两个字的后面才能带上"兄"、"爹"、"爷"之类的字眼儿。死人埋进土后麻三仍是麻三。

村长的爹死了。村长3次登门来请麻三，麻三死活没答应，因村长心太黑，当村长不为乡亲们谋一点福，还专从大伙儿头上刮油。他还倚仗权势无端欺压乡邻，连他那还在小学读书的独生子小郎对人说话都是狠狠的。村人恨死了村长，发誓他家人死了谁也不去抬，谁去抬就是他妈的乌龟王八蛋，要遭五雷击顶不得好死。

麻三没去。村长爹的尸首在家放了3天。

第 4 天晚上，村长的哥哥拎着一大篮盒子罐子包装精美的礼品上门来了："三兄，我知道我兄弟做事太绝不得人缘，但他已是快下台的人了，上头已找他谈过话了，若不是这两日我家里忙着办丧事早就宣布了。乡里乡亲的你就给个面子吧！"麻三动了恻隐之心，粗糙的大手摸着麻子脸沉吟半晌，跟村长哥去了。当然村长哥的礼品麻三一样未要，他怕吃下去会得心病。

村长的爹的尸首被麻三一人抱上了灵车。麻三说送魂不计仇。

麻三被人们一顿好骂。

过了一月二月直至半年，村长并没有下台，继续当他的村长，继续做着黑心事，把上面发给村里的救灾款都吞了。

一天清早，村长一开门，门槛上坐着个人，一看，却是麻三。村长问麻三坐这干吗，麻三说送魂的，你什么时候送魂? 村长的脸煞白。

第二天，该领救灾款的人家都领到了救灾款。

# 孤独的状元

　　彩灵做了一个梦：窄窄古道，森林密密，马蹄声嘚嘚嘚，她伏在状元的背上，衣袂飘飘，风声，云声，箫声，从耳边呼啸而过，她整个人都飞起来了……

　　状元是戏班里的小生。

　　一觉醒来，彩灵才知道这是个梦。

　　可是，为什么白天也会出现这样的场景？在桑林里一片片采着桑叶儿，彩灵的心乱乱的，仿佛一只只蚕儿从心底爬出来，啃着手中的桑叶。

　　自从来了那个戏班子，彩灵觉得自己的生活有了变化。她觉得日子不再是那么单调乏味的了，有了让自己心动的东西，就像在漆黑的山里找不到路，突然看到了一线光亮。这线光亮突如其来，让自己惊喜。

　　那个戏班子昨天刚走，可她觉得走了好多天似的，心里在算计着日子：戏班子什么时候会再来呢？连她自己也觉得好笑，本来戏班子来是没个定时的，她算计着也没有用。

　　恨自己的痴，为什么要牵挂他！

　　戏班子是很小的戏班子，很简陋，连跑场才 10 多个人。

　　他是这个戏班子里的一个小生。戏班子小，可那是他梦想的依傍。他生来也许就是为戏的，学什么都不会，可是学起戏来，那些一招一式，腔腔调调，他一学就会。

　　他一出场，便使她惊异了。白净微粉的脸，干净的淡淡蓝的布衫，把他衬托得清癯风雅，一举手一投足都不像在做戏，仿若他生活的本来样子，不露痕迹地把状元的角色演活了。

状元是一个穷秀才，为赴京赶考，到姑母家去借盘缠，钱没借到，反而被姑母羞辱一番。幸亏表妹好心，把私房钱借他。没想到书童见财起了歹念，劫了银两，把他推下了山……

彩灵也随着他滚下了山，把他紧紧抱在怀里，问他，痛吗？痛吗？撕下一块衣襟给他包扎伤口，搀扶着他一步一步艰难地走着。

他的目光清澈如泉，自己的世界仿佛被他的目光洗濯过了，是那么的明亮。多少次，彩灵的双眸也化着一汪泉，向那汪泉流去，希望与之交汇、融合。可他终没发现自己。每次戏散，他都忙着收拾道具行装，然后就爬上那辆敞篷大卡车的车厢，随戏班子走了。她追随破卡车跑了很远，直至卡车在尘烟中变成一个小小的点，在她的视线里消失。

彩灵牵挂着状元的命运。他没有被摔死，戏中的他没有她的搀扶，一步一乞讨，摸向京城，第二年终于中了头名状元，被封为三省巡按。只见他威风凛凛地身着官袍，戴着乌纱走上台来，他目光炯炯，满面春风。

可恰恰是此时，她失望了。

美好的链子突然断了一节！

残害他的书童被缉拿，他一声"升堂"，幕后传来几个衙役的吼吼声，可半天没见有衙役上来。他照样地一声厉喝："给我重打四十！"只见歹人被打似的在地上滚动几下。堂审这出戏就算结束了。

原来是演员有限，根本没有人来扮演衙役。

彩灵有种悲凉凄楚的感觉，只为他这个孤独的状元——现实中的他一身清风，为什么即便在戏中，状元片刻的风光也不能得到？这样的场面让她有撕心裂肺的痛感。

他已适应这样的演出。他不是名伶，一个小戏班子怎比得上大剧团的排场。尽管没有衙役，他仍把自己想象成是个荣中皇榜的状元，威风凛凛的巡按！一招一式毫不含糊。

她差不多每场戏都看，跟着戏班子跑了一个又一个地方。她一直期盼，期盼下一次演出，戏班子能加人，哪怕使她的状元有一个衙役。

可是，她的状元还是孤独的状元。

她不想让自己的状元孤独。

这一场又到了状元升堂一折戏了。她屏住了呼吸，为自己鼓气。我的状元，不要孤独，不要落寞，你的差役来了！

状元一声"升堂"，后面几个衙役吼吼声传来，突然从幕后走出个人来，手持衙役棍，有模有样地走上台来，威风凛凛地站到大堂一侧，听候状元发令。

状元惊呆了，不知怎么突然冒出了个衙役。而且，还是——女衙役。

她本打算扮男儿妆的，可最终她又改变了主意。她就要以女儿妆上场，让他看看她这个清秀的女衙役，让戏班子的人，让观众都知道她的状元有个美丽的女衙役。

这突然出现的场面弄得他差点无所适从了。不过很快，他镇定下来，指着歹人，惊堂木一拍："给我重打四十！"她响亮地应了声，手中的衙役棍起落有致……

蓦地，她看到他的眼角有泪光在闪动。

落幕。她不顾一切地抱住他，紧紧地抱住，泪水一泻而下，一片迷蒙，恣意成汪洋，让自己的二十年的芳华都浮起来了。

# 修表人

　　这是广州的一条老街，现在变成了商业街，在工商银行和服装市场的临界点，有一个修表摊子。

　　我所说的修表人白白净净，头发油亮，尽管已经40多岁了，依然显得年轻，帅气。他常穿一件白衬衣，把整个人衬托得很精神。

　　如果你不去修表，就无从知道他是这样的人。他只有一只手，另一个是秃臂。修表是个精细活，常人很难想象这样的人能修表。可他就是用一只手和一只残臂的组合进行着细致精巧的劳动。

　　一般的修表师傅也不信。他是山东人，山里穷人家的孩子。为了生计，父亲常上山捕蛇卖。5岁那年他被父亲捕回的毒蛇咬伤，命保住了，丢了只胳膊。少了只胳膊，笨重的活不便干，他想寻轻巧点的，于是他想学修表。他去拜师，可没有一个愿意收他，嫌教他麻烦，也担心他半途而废。可他不服输，买了书籍，自学。去旧货市场买了几块表，拆了装，装了拆，终于摸索得差不多了。先是在家乡的小镇上摆个摊子。可小镇人少，那时戴表的人也没几个，生意太清淡。后来，他就来了广州。

　　上世纪80年代广州戴表的人多，因此他的生意很好。拿着自己劳动挣来的钱，他很快乐，买了一个袖珍收音机，放在修表柜上听当时流行的《妹妹找哥泪花流》等歌曲。

　　每天放学的时候，有一个漂亮的小姑娘蹦蹦跳跳来到修表摊，他笑呵呵的，抱一下她或拍一下她的背，给钱让她去买零食吃。那是他的女儿，她的妈妈已经

不在了，但她的影子还在，那段很美的爱情还在，一直在温暖他的记忆……

一个江西拾破烂的姑娘，有一次拾到一块旧表。她把表拿来修。当她看到他用胳膊夹着小小的表时，震惊了。她没想到修表人这么帅气，却是个残疾人，更没想到这样的人还能修表。

这以后的几天，修表人一直出现在姑娘的脑海里。她完全忽略了自身命运的不幸，对他怜悯，钦佩，既而是这两种感情交织中产生的同情和爱情。这是一个善良姑娘才有的情感。

可是，怎么和他接触呢？姑娘既有羞怯的一面，又有胆大的一面。终于，她有了主意，把表带拆坏了，拿来修。这次，姑娘没有提着垃圾袋，而是穿上较体面的服装，刘海梳得很俏丽。

就这样他们认识了，成家了。他的长夜不再冷寂。

休息的间隙，他常蹙眉沉思，想起她。那真是个好姑娘，给他端茶做饭，拖地洗衣。可惜她命短，和他生活了4年，就因病离世了。所幸他们有了个女儿，那是她生命的延续，也是他的寄托和慰藉。

17岁来广州，至今已有27年。一把大油布伞，一个不到两米的修表柜，就是他的世界。并不是事事都顺，有泪，有笑。和工商吵过，和城管闹过，和鞋匠、补锅匠争过摊位，还为拒绝收购偷来的表被小混混打破额头。修了20多年表，并没发财，但足以生存。他觉得这就够了。父母原以为儿子的一生废了，谁知他不但没给他们带来负担，还为他们寄钱寄物，养老敬孝。

他从自己的职业中悟出一个道理，坏了的是表，时间永远不会为谁停留。离开家乡27年了，父母都已白发苍苍了吧？哪条河变瘦了，哪条路长长了……他想回去看看。

起了这样的念头，他觉得分分秒秒都是回家的脚步声……

# 红指甲

小街有家"红红商店"。

店主便是红红。红红高中毕业在家待业，闲着没事，便利用自家临街的一间屋子开了一个小百货商店。

红红长得很秀气，也很爱打扮，且好标新立异。

街上流行红指甲，红红却只将右手无名指涂了红指甲，显得很特别。小街有人便称她为"红指甲"，她听了感觉挺美的。

阿凡常到红红小店买牙膏味精酱油之类的生活用品。以前来小店从来没注意红红是啥模样，自从红红涂了一只红指甲，倒吸引了阿凡。这双手很白嫩，很细腻，很修长，那只红指甲尤为醒目，似落在掌上的一枚花瓣，有一枝红杏出墙来的韵味。当她递东西过来手指无意触到阿凡的手时，简直令阿凡微微战栗，心跳不已。

此后，阿凡来小店的次数逐渐增多，他常痴痴地盯着那双手看，就像欣赏一件玲珑剔透的工艺品。

阿凡这个秘密终于有一天被老婆发现了，大吵一场后，老婆就站在家门口指桑骂槐地说红红臭美，是女妖，是勾魂精。

阿凡认为老婆太无道理，依然我行我素。

老婆也是分毫不让，阿凡去一次她就和阿凡吵一次，直至后来分居。

后来，红红进了工厂。小店由她高中毕业的妹妹代开了，阿凡仍常去那小店。

一天，阿凡来到老婆住处，说："我们……离婚吧。我要和……红指甲好了。"

老婆冷笑一声："好呀，祝贺你呀，娶一个红指甲夫人，圆了你的美梦。"

"不，她被机器轧断了一只手指，红指甲没了。"

阿凡平静地说。

# 恩　珍

初中毕业后，恩珍跟堂哥出来打工。工地上的小工都是提水泥、搬砖头的活儿，堂哥说她一个女孩子做不了，对她说，学电焊工吧，这活轻巧些。

起初看焊枪点出的火花一闪一闪，恩珍觉得很好玩。后来才知焊工并不轻松。手握焊枪，一蹲就是半天，腰酸胳膊疼，脸被烤得黑黝黝的，工服上到处都是大大小小的焦洞。

工地上的男人们，干活虎虎有力，但大多没什么文化，喜欢开粗俗的玩笑。起初，她听了都脸红，时间长了，也就见怪不怪了。

只有喜林，在他们当中算是个有文化的。喜林和她是一个乡的，高中毕业，没有考上大学。喜林吃苦肯干，头脑又灵活，老板让他学绘图纸做绘图员，他很快入门了，现在已是设计部的经理了。

喜林对她很友善，经常过来说几句关心的话，吃饭时还常借机和她坐到一起。她感觉喜林是喜欢她了，有点暗喜，毕竟喜林是工地上唯一文质彬彬的人。

经常拉着一斗车砖从恩珍旁边走过的一个老人，瘦弱的身子佝偻着，间或还听到他一两声粗重的干咳。他使恩珍想起自己的父亲。

那时自己上学，母亲常年多病，家里就靠父亲一个人撑着。刚刚40多的父亲，满脸皱纹，像个老头一样。她出来打工，就是为了分担父亲肩上的担子。发了工资，她一件好衣服都舍不得买，留下必需的费用，其余的都寄给了家里。

这天，要下班时，喜林走到她身边，说，恩珍，快下班了，很热是吧？

她说，是呀，哪比得上你坐办公室的，不遭晒，不经雨。

喜林说，南阳路上新开了家"大榕荫"凉茶店，下班了我请你去喝凉茶。她惊喜地应道，好呀。

下班后，恩珍收起工具，向"大榕荫"走去。

喝了两口茶，喜林说，下次再出来，把工装换了，不能打扮得漂亮一点？恩珍呆了，你不是知道我一直都是这样的吗？既然约我出来，又何必说这样的话？她放下茶杯就跑出来了。

喜林跟在后面喊，恩珍，恩珍。

恩珍没有回头。

路过工地时，她看到那个老人，还在拉砖。

前面是一个斜坡，老人躬着腰，低着头，一步一步艰难地移动。她跑过去，帮老人推上了坡。

老人到坡上歇下，说，姑娘，多谢你！点了一支烟吸起来。

她说，这么大年纪了，还出来做这么苦的活？老人呵呵地笑了，不苦，不苦，挣到钱，我浑身精神呐。她问，你挣多少钱了？他说，已经存了一万多块了。

看到老人满足的样子，恩珍就像自己的父亲得到宽慰一样，心里略略得到一丝安慰。

晚上，恩珍躺在床上翻来覆去睡不着。她来到工地，拿起了焊枪，火花四溅，把夜照得很亮，照亮了周围的楼群，照亮了远处的湖面和树林。

可焊枪一停，四周很快又陷入黑暗。

就像今天喜林的话，使她心中那一点点的火花，亮了又灭了。

# 爱上本田雅阁

小城的一个十字街口有个洗车铺，程松就在那当洗车工。

现在买车的人多了，洗车铺生意不错。洗车工从早上 9 点一直要忙到晚上 10 点，十几个小时呢。但程松不怕，他强壮的体魄足以把枯燥和疲劳压倒。再说，除了这份工作，他也没多少选择的余地。他刑满释放不久，找工作不是件容易的事。

洗车铺是计件工资，洗一辆车 10 元钱，洗车工只能拿到 3 元，一天洗 20 辆，也不过 60 元。长期做这个，并无什么希望。程松的愿望是，积累点钱，开个摩托车修理铺。他在这方面机灵，自己有一辆旧摩托，坏了都是自个儿修的，开个铺子一定不成问题。

按说洗车是简单的活，可要使所有顾客都满意也不是那么容易的。有的顾客很苛刻，明明已经洗得很干净了，还吹毛求疵。程松特别讨厌一个挺肚子男人，每次来洗车都是指这指那的，连轮胎缝儿有一点泥都不放过。

倒是那个开着绿色本田雅阁的女孩，很亲切。她夸程松洗得仔细干净，说话时总是面带微笑，左面颊显出个浅浅的酒窝。程松对她甚至想入非非，但很快就自我否定了。当然，他长得不差，甚至说有几分帅气，可一个刚从监狱里出来的人，一个洗车工，是不配有这么美好的爱情的。

程松不但熟悉了很多顾客，甚至在大街上都能认出哪辆车是自己洗过的。偶尔他看到她驾着车，常身不由己地驻足凝望，直至车消失在前方。

这天收工，程松开着破摩托回家。他不紧不慢地开着，享受晚风吹拂的惬意。

突然，他看到了她的车，就在前面驶着。尽管是夜晚，但他仍确定就是她的车，他喜欢的本田雅阁。他加快速度跟了上去。

可是，跟上去又有什么意义呢？从窗口和她打招呼？他和她还没正式说过话呢，说什么好呢？他正这么胡思乱想着，却发现了个问题——她的车有点摇晃。难道是哪儿出了毛病？他记得一次有个司机和他讲过半路掉了个轮胎出危险的事。不行，得赶紧告诉她。

可是，她的车却突然加快了速度似的。

他加大了油门，可前面的车显然也加了速。会不会是她发现有人跟踪，认为是图谋不轨？破摩托发出呜呜的响声。

不觉，已到远郊，路上没一个行人，只有偶尔有一两辆车驶过。她的车显然抖动得更严重了，几乎是左右摇晃了。他把马力拉到最大，眼看就要接近她的车了。

蓦地，前面的车滑下了一条小斜路，在摇摆中停了下来。这时从车内下来个男人，一会儿，她出来了，是被推下来的，嘴被一团东西塞着！

他冒出的第一个念头，就是她被绑架了。果然，接着车里又钻出个男人，手里拿着根绳子，对她说，你就好好在这待着吧。两个人用绳子准备绑她。他冲过去，照准先下车的男人就撞，男人猝不及防，被撞倒在地。拿绳子的男人见状挥刀向他冲来，他握着车把，同他周旋。那个男人也很灵敏，摩托派不上用场。突然，他的左臂被男人刺了一下。他忍住痛，甩开摩托，向男人扑了过去……这时，她已报了警。

从公安局出来，她提议请他吃夜宵，他腼腆地坐在副驾驶位置上。这时，她才发现他的左臂都是血。他轻松一笑，没事的，我以前常打架。

后来，程松开了个摩托修理铺，铺子前经常开来一辆绿色的本田雅阁。听街坊说，他和她恋爱了。

# 挽 歌

............................

几杯酒下肚,梅哥的脸变得生动起来。他拿出一块布蘸上口水,将唢呐擦得锃亮。

昨晚,西村的雄家来请,今天儿子结婚,请梅哥去捧场。梅哥二话没说就答应了。梅哥吹了大半辈子唢呐了,他决心吹完这家的喜曲就歇手不干了。鹰嘴岩一带吹唢呐这一行有个规矩,唢呐手年事渐高,底气渐弱时就金盆洗手了。不过唢呐手吹了一辈子喜怒哀乐,悲欢离合,这最后一次,必须吹一回喜曲,以图个吉利。

早上雄家人来时,梅哥正在独酌。来人挡住他斟酒的手:"梅哥,你怎么一个人喝起酒来了? 还怕到我家没有酒喝?"梅哥并不争辩,只是摆摆手,说嗓子不好,不能去了。任凭来人怎么说,就是不应。

把来人弄得很难堪。

鹰嘴岩一带没有人不知道梅哥的,梅哥的唢呐吹得好,人也仗义。

刚解放那年,县里举办唢呐比赛,高手云集,一个赛似一个。轮到梅哥了,他不是上赛台,而是不慌不忙地走到赛场中央,两腿一盘,坐立于地,轻鼓两腮,唢呐声悠悠扬扬,响彻云霄,把一曲《百鸟朝凤》吹得喜气洋洋。忽而,赛场上空百鸟翔集,齐声应和。高潮迭起时,梅哥忽地从地上站起,唢呐上的红绸带随风飘扬,把梅哥的脸映得红红的。就在他收音之时,红绸带突然从唢呐上滑下,飘向云端,好似一只飞舞的火凤凰,众鸟紧随而去……

梅哥一举夺魁,名声大振。

不过这吹唢呐的在乡村总算是下九流的行当，被人小瞧，只有遇喜丧大事才备受尊崇，因而唢呐手都好在这天争个面子。如遇招待不周的轻慢行为，唢呐手便会出主家洋相。这悲喜曲里面就大有文章可做——吹的是喜曲，但唢呐声节奏缓慢，唢呐手动作呆板，表情木然，这喜气便减了几分。若是丧事，吹的虽是悲腔悲调，但唢呐手面目轻松，调门如老牛拉破车，便不能烘托出悲凉的气氛。

梅哥却与众不同，他的手艺好，来请他的人自然就多。他从不计较人家对自己的态度，只要去了，就拿出看家的本领，吹得很卖力。

但他也有一个古怪的脾气：和他有点疙疙瘩瘩的人家，喜事来请他捧场是绝不赏脸的。但如遇丧事，只要来请，不管平时和他有多大矛盾，他都必去，而且把唢呐吹得悲怆凄凉，极是哀婉，连路人听了都伤情。

事后他常说，死了死了，一死白了，总不能让死人把阳世的冤结带到阴间去。

梅哥吹了大半辈子唢呐，至今仍是孤身一人。

梅哥有一个相好的。这个人就是七妹。

那年，村上小牛宝的爹死了，小牛宝自小没娘，和爹过着苦日子。爹撒手黄泉，小牛宝连个打棺木的人都请不起，更不要说请唢呐手了。加上小牛宝的爹在国民党里当过差，成分不好，也无人敢帮他什么。小牛宝用一个芦席筒将爹尸首裹了，打在肩上向荒野走，连一个哭的人都没有，很是凄惨。

突然小牛宝身后响起一阵悲凉的唢呐声，如泣如诉……

他回头一望，紧跟在自己后面的是梅哥，两行泪便从小牛宝的脸上簌簌而下。

和小牛宝同时注意梅哥的，还有一个人，就是七妹。

七妹站在自家的屋后，看着这支特殊的送葬队，觉得梅哥的心眼儿真好。

七妹便暗暗地喜欢上了梅哥。

可七妹的父母不允——谁愿将一个如花似玉的女儿嫁给一个吹唢呐的？

七妹被逼嫁给了村长的儿子。

后来，有人给梅哥说媒，梅哥总是摇头。

梅哥心里仍然装着七妹哩。

七妹仍和梅哥暗里好着。

七妹老了，已是儿孙满堂。

梅哥老了，仍是形单影只。

梅哥是在雄家人昨晚走后得知七妹去了的。

七妹病了，梅哥不能去看；七妹死了，梅哥还是不能去看。因为七妹和梅哥的事，七妹家人没少遭村人戳脊梁。七妹死后，怎能由梅哥来吹唢呐呢？梅哥担心的事正应了：七妹家人没来请他，找了外村的唢呐手。

七妹下葬的当日夜，鹰嘴岩的人都被荒野传来的阵阵唢呐声惊醒了……

呜呜咽咽，悲恸凄怆，这肝肠寸断的曲调只有梅哥才吹得出啊。

梅哥破了规矩，最后一曲唢呐，吹得最悲最苦。

# 盲人小鹿

　　因长期伏案工作，又是个贪恋被窝的懒虫，缺少锻炼，肩椎便时不时有点酸痛，每周就去十八子车仔面馆旁边的黑象盲人按摩店做一次按摩。由此认识了小鹿。

　　小鹿的手艺好，做得又极认真，每次按摩过后我都全身酥松，有洗了一次温泉浴的感觉。小鹿喜欢说话，常常边做事边和我聊天，使我对这个残疾人的世界有了些了解。他的父母是电子产品批发商，有钱，完全可以由他们养着。但小鹿不想白吃饭，他想自己做事养活自己，同时也不至于生活在空虚中。他进了盲人按摩培训班学习按摩技术，结业后从父母那儿拿了点钱开了这个按摩店，使几个盲人朋友有了挣钱的地方。

　　有一次给我按摩期间，小鹿的手机响了起来，他说是短信，是他女朋友发来的。我突然想起，他还没有看短信，再说他也看不了短信，怎么知道是他女朋友？他说，因为只有他女朋友一个人给他发短信。小鹿很自豪地和我说起他的女朋友，说她是个不错的女孩子，家是辽宁农村的，在一家食品企业做文员，他们是在一次公益活动中认识的。她知道他看不了短信，还是给他发。她说愿他时时感受到她的关心和问候。在她的帮助下，他还学会了发短信，他能熟练按键，可目前的手机功能字词选择不好把握，他给她只能发简单的，如有空过来吗，吃饭了吗，好想你，我爱你之类的。我真钦佩这个不简单的女孩子，也佩服小鹿对待生活的态度。

　　小鹿爱好音乐，和几个盲人朋友组成了黑象乐队。店里的盲小伙和盲姑娘有时闲着，就弹奏乐曲给客人听。我听过几次，感觉不错。小鹿自己还学着作词。他说，我们想参加央视的"星光大道"，拿个大奖。我们正在努力，很有信心。

为这个按摩所，小鹿没少操心，每天8点多就来了（这个行业一般上午10时开始营业），把店里收拾得整整洁洁的。按摩所生意不错。小鹿对顾客负责，很看重信誉。那天一个同事给客人按摩，少按了三分钟（小鹿戴着可触摸手表），被他狠狠地批评了一顿，并诚恳地向顾客道了歉。

那天，小鹿又和我说起他的女朋友：昨天她让我抚摸她的脸，你知道吗？她的眼睛真大，睫毛长长的，肯定是水灵灵的那种，真是一个很美丽的姑娘。我真诚地为他祝福。其间小鹿因事离开，另一个盲小伙对我说，你别听他乱吹，女朋友是有一个，那是以前的事了，早就和他分手了。是个不错的女孩子，但家里知道了，坚决反对，把女孩硬是接回家了。

我不禁愕然！那么小鹿是还没有从难得的爱情中走出来，完全生活在虚构的过去中了。

小鹿很爱美，留着长发，染着浅棕色。外出带着墨镜，从不用手杖，他不紧不慢地走着，尽量像常人悠闲散步的样子。

他说，我最大的梦想，就是睁开眼看看这个美好的世界，哪怕是爱人离去的背影。也许这只能是永远的梦想了。

小鹿说着，弹起吉他，为我唱起他自己写的歌：

> 你的黑夜是满天的星斗，
> 我的黑夜是无边的寂寞。
> 多想看看你多情的笑脸，
> 让我感受阳光的灿烂。
> 多想看看你忧伤的泪滴，
> 让我知道雨水的颜色……

137

# 大 伍

大伍是县医院的搬药工。

他黝黑的国字脸，留着齐肩长发，脑门还有齐齐的刘海，看上去像个武林高手，又有那么点艺术家的味道。总之你见到他很难知道他的真实身份。

熟悉的人都知道，大伍的父亲当初是这个县的县长。按说大伍人生该有好的发展，可是他不爱读书，好不容易混到高中毕业。高中毕业后他跟翻身做主了似的，整天和一帮小青年厮混在一起，穿着喇叭裤，提着双卡收录机，放着当时的港台流行歌曲，骑着单车在小城里穿行。喝酒，打架，冲小姑娘打呼哨是他们的强项。

大伍虽说和哥们喝酒，打架，但从不像哥们那样，对女孩子打呼哨，嬉皮笑脸地献殷勤，甚至都不正眼瞧女孩子一眼，以至于哥们说他是二尾子（方言：像女人的男人）。但大伍也不恼，反而整天乐呵呵的。

其实是，大伍早有了自己的梦中情人。

这个梦中人就是一中的樊晓玲，和大伍一个班。

说到樊晓玲，普通工人家庭，穿着也是普普通通，可普普通通的衣服穿到她身上就有不普通的味道。那时夏天她穿着白上衣，蓝裤子，白上衣被她在领子上绣一朵小花，蓝裤子被她剪短了裤管，相当于现在的七分裤。修饰这么简单的衣裤，穿在她身上就显得那么别有韵味。加之她长得漂亮，瓜子脸，柳眉杏眼，因此在一中也算个显眼的角色。有多少男生给她递过纸条，请她看电影，逛公园，可她从来都没答应过，常常是收到纸条看都没看就扔了。

当时在初中，大伍没给樊晓玲递过纸条。他不是不想递，他恨自己的字太丑，怕在樊晓玲面前丢丑，怕樊晓玲看也不看就扔了。

一个端午节前，他从家里偷来两张白糖票，因为端午包粽子需要糖，那时白糖比红糖紧张，一般人家包粽子只能用红糖，有的甚至没有糖。那时什么都凭票供应，白糖不是轻易就买到的。一次他假装跟樊晓玲借小说《青春之歌》看，把这两张糖票夹到书中，害怕樊晓玲看不到，故意露出点糖票的角。两天后下午放学时，他把书还给了樊晓玲，樊晓玲说这么快就看完了？他说是的，熬了两个通宵。说完慌忙走开了。那天晚上他第一次买了一包烟，一个人躲在房间里抽，烟头丢了一地，恨不能一下子天明，知道樊晓玲的反应。第二天他没吃早饭就急着往学校走去，却又是慢悠悠地走，以便在樊晓玲常走的路上遇到她。挨了好长时间，总算等来了樊晓玲。他正想着樊晓玲会有什么反应，樊晓玲从衣袋里掏出那两张糖票，递给他说，是不是你昨天错夹到我书里的？他红着脸嗫嚅着说，是，是我送给你的，你家包粽子，不要白糖吗？樊晓玲说，我们工人吃不起白糖。说着就把票塞到了他的手中，头也不回地走了。大伍沮丧得差点一屁股坐到地上。

自此，大伍见到樊晓玲都远远地躲着走。

一天放学的路上，大伍看到几个男生正围着一个女孩嬉皮笑脸的，说着不三不四的话，走近一看女孩正是樊晓玲。他二话没说，冲上去就对那几个人挥开了拳脚，结果寡不敌众，反被人家打个鼻青脸肿。他从地上爬起来，心想定会得到樊晓玲的一个笑脸，甚至心疼地帮他擦去鼻血。谁知得到樊晓玲丢过来的一句话是："以后我的事你少管！以为你是县长的儿子就了不起吗？"说完就轻飘飘地走了。大伍孤独地立在晚风中差点哭了。

很快高中毕业了，大伍本来有推荐上大学的机会，他却死活不去，气坏了当县长的父亲。为了免受父亲的白眼，他自愿下乡当了知青。樊晓玲因是个德智体全面发展的三好学生被推荐上了市卫校，两年后，到县医院当了一名护士。

大伍当知青回来后，父亲给他安排到县武装部工作，他却坚决不去，请求安排到县医院当搬药工。人们都知道，大伍是为接近樊晓玲才来医院的。可樊晓玲对大伍仍是不理不睬的。

大伍倒像没事人似的，平静地做着他的搬药工。每当他到护士室送药的时候，看到樊晓玲，心里就美滋滋的，黝黑的脸庞似乎多了点神采。想到樊晓玲白皙修长的手指拿着他送去的药，他觉得心里很甜，仿佛只有这份工作才能使他体会一种劳动的幸福和满足。

时间长了，和护士们都熟悉了，但大伍不多言语，搬下药箱，在护士室站一会，木木的，竟像个候诊的病人。有时护士们和他开一两句和樊晓玲有关的玩笑，他黝黑的脸庞就红了，显得那么的稚气和憨厚。也许是爱屋及乌，大伍对护士室的护士们都特别好。她们有需要帮忙的事，常找他。单身护士扛煤气之类的重活，他都主动去帮。有的护士老公不在家，轮到值班，就请大伍帮接小孩。总之只要是护士们的事，他都是有请必到。大家都喜欢上了这个木讷少语的搬药工。

尽管樊晓玲也明白大伍的意思，甚至还有人背后劝樊晓玲嫁给大伍算了，好歹人家父亲是县长，难得又对她这么痴心。可樊晓玲对大伍就是动不了心。

有一次医院晒在外面的护士服被人偷走了一套，是樊晓玲的那一套。后来有传言说是大伍偷走的。毕竟不是什么大事，也就没弄个水落石出。

大伍到医院的第三年，樊晓玲恋爱了，男友就是本医院的一个医生。人们以为这下大伍没有什么可以留念的了，要离开医院了，谁知他还是在这里甘做一个搬药工。

又过了七八年，樊晓玲已经有了一个男孩一个女孩。这时大伍已有四十多岁了，才在别人的撮合下和化肥厂的一个长得很胖的大龄女青年结了婚。据说这个女青年力量特别大，是化肥厂的搬运工，能一手拎起一包50公斤的化肥。

人生就像一本很快翻完的书，大伍转眼就老了。樊晓玲依然是齐肩长发，可已是花白的了，刘海也是花白的。樊晓玲已由护士做到老护士长。

一天，大伍推着一车的药，在药库前的一个斜坡上摔倒了，推车翻了，药箱滚了一地，大伍从斜坡上滚了下去……

如果还年轻也许没事，大伍毕竟是老了，这一倒竟没有爬起来。

临终，医院领导问大伍有什么要求，大伍说自己当了一辈子搬药工，和护士接触最多，对她们有很深的感情，没有别的要求，只想有一套护士服陪他走……

据说，樊晓玲听到这话，哭了。

# 邮 所

　　这也许是全国最小的邮所，坐落在山坳里的一条小街上。小街稀稀落落地住着几十户人家。

　　别看邮所小，可它对小街和山里人来说，却是神秘、神圣之所。几十年了，山里人，一个姑娘，一个小伙子，姑娘掌管内务，小伙子负责投递。它似乎是小街上唯一的事业单位，那绿色的邮政服令人们敬重。

　　那个姑娘，在小街人心目中就是天使，在山里青年男子们心目中就是公主和皇后，他们喜欢她或暗恋她，却没有勇气表白。他们看到山妞描口红画眉就觉得像妖精，可她画着眉涂着口红，看上去咋就那么顺眼呢？

　　姑娘的爸在小邮所里待了一辈子，退休了，姑娘就接了班。这对山里人来说是最让他们满意的事了。姑娘的爸是个尽责而又和善的老人，和他们打了好多年交道，突然离开岗位，还真有点不舍呐。好在他的女儿接替了他。他们可是看着她长大的，这个妞自小就乖，后来去城里读书，大家都以为有大出息不会再回来了，谁知不但回来了，而且就在邮所上班。看见了她也就仿佛看到了她父亲，好像姑娘的接替是为满足大家心愿似的。

　　后来又来了个小伙子，听说是邮政大学的大学生，毕业了放着大城市不去，偏来这小山坳当投递员。小伙子的到来破灭了山里后生们的梦——看得出来，他和姑娘是一对儿，可他们又心里服气，那小伙子是多好的一个小伙子呀。

　　姑娘她爸在的那阵子，邮所不是很忙，现在山里人外出打工多了，和外界联系也多了，姑娘还替那些老人写信，写信封，每天也不得闲。送信就更辛苦了，

山里虽然不比城里的投递量大，但路远，又是上坡下坡的，颠颠簸簸的不好走，大清早出去，不到天黑回不来。

可小伙子干得很快乐，每天跨上邮绿色的自行车，就哼着歌曲，把车子蹬得飞快。每当看到一双双渴盼的眼神，每当一封封报平安和亲情的信飞到山民手中时，他就感受到快乐和自己的责任与价值。

回来时，小伙子的信兜里还常有青菜、地瓜干、山枣等，都是山民送给他的。可别责怪小伙子以公谋私，他和山里人的关系太亲近了，就像自家人一样，每次往小伙子邮兜里塞东西，他都不肯要，可他们偏让他拿上才放人。这个说，我每次写信给儿子，都是姑娘替写的，连信纸都是姑娘贴的。那个说，我每次寄包裹，都是姑娘给缝的呢，有时被针扎伤了手，也不吭一声，多好心眼的一个姑娘！

入冬了，邮所也比平时忙一些，外地往家寄信寄包裹汇款的，家里往外寄包裹写信的。有的老人过些日子还会来问，有没有我儿子的信呀，我寄给闺女的包裹也不知收到了没有？

年三十这天，投出去最后一批信，两人都感觉轻松了。他们在邮所门上贴上了春联，吃了个丰盛的年夜饭。

大年初一，推开邮所的门，纷纷扬扬飘洒着小雪，时不时传来小街和山里人家噼噼啪啪的鞭炮声，到处洋溢着大年的气氛。两个人吃了汤圆，准备去附近村里看闹大年小戏。这时邮所却接到一封特快专递，小伙子一看，笑了，正是小羊寨李阿婆的，这些日子每次去村里她都问儿子来信没有。小伙子决定把快件送出去。和姑娘一说，姑娘说，算了，你可答应今天陪我看戏的。小伙子说，可李阿婆天都在盼……姑娘说，那你得答应我一个条件。小伙子问什么条件，姑娘一笑说，载着我一块去，我也想体验一下送信的感觉。小伙子只好依了姑娘，跨上自行车，奔向茫茫风雪中。山路本来就不好走，下了雪，就更难走了。姑娘时不时下来帮小伙子推车，两个人走走停停，停停走走。

两人说笑着，突然同时"哎哟"了一声，自行车被一块石头颠了一下，姑娘跳下车，小伙子却甩出好远，自行车的链条也摔坏了。姑娘扶起小伙子，小伙子忙掏出工具修车。

雪，越下越大……

# 忆 忆

　　忆忆是个浪漫的女孩。她的浪漫是奢侈型的——喜欢红酒和跑车。

　　楚桥爱好艺术，梦想是成为一名漫画家，可目前他只是毛巾厂的绘图员。

　　所以楚桥一直默默地爱着忆忆，却没有勇气开口，因为至少现在他是没有办法满足忆忆那很贵族的想法。

　　楚桥却又没法拒绝忆忆那飘着颓废而又独具魅力的眼神，他不惜买来调酒方面的书，学习调制红酒，"云中玫瑰"，"红粉佳人"，"冰蓝记忆"……虽不是很纯正，但其情执著。他对忆忆说，我愿做你一生的调酒师。

　　起初，忆忆感到新鲜好玩，时间长了，就腻了。说楚桥调的酒不好喝，和专业调酒师差得远。她说，再说，喝红酒需要气氛，家里没有酒吧的格调和氛围。

　　还有，我要跑车，我想飙车，就算你会调酒，却不可能调出跑车来！忆忆越说越不讲理了，说得楚桥的脸色发白，一个人在房间揪着自己的头发，不知怎么对付她。

　　一次，忆忆深夜没归，楚桥找到一家酒吧，忆忆喝醉了，正和几个男的一起胡闹。楚桥很难受，看着她那迷醉的眼神，还有那倒满红酒的高脚杯，走过去拉着她回家。可忆忆却吐着酒气说，你是谁啊？你算老几，凭什么管我！楚桥终于被激怒了，随即给了她一巴掌，气冲冲地出了酒吧。

　　回到家，楚桥一口气喝了近半瓶白酒，一支接一支地抽烟。

　　忆忆离开了楚桥，开始没有目的地漂泊，无论走到哪里，行囊里总不忘装上红酒，看到美丽的风景，坐下来边饮酒边欣赏，累了也用酒来解乏。

一次去云雾山，她饮多了点，竟然靠着一棵树睡着了，一睡就睡到夜幕降临。

路过的一个男人把她从睡梦中叫醒，问她是不是太累了。她说，大概是把红酒当水喝了吧。接着从包里拿出一瓶红酒请男人喝。男人喝了一口，哈哈大笑，说从来没有见过像你这样奇怪的女孩。

第二天，他们约好结伴上路。男人看上去比她大好几岁，和她讲他所到过的地方，很多有趣的见闻，还有稀奇古怪的笑话，听得忆忆直乐。

晚上，男人请忆忆去市区的酒吧喝酒，忆忆的头喝得有点晕晕的，回来的车上，已不能自持地伏在男人的肩头。是男人把她抱下车的。男人把她送到房间，她抓着男人的手，说自己很孤单，说着说着就哭起来了，哭得很伤心，还叫男人唱歌给她听。男人替她擦去泪水，紧紧搂着她，说喜欢她扑鼻而来的淡淡的红酒味道。

第二天早上，男人笑着对忆忆说，如果不是因为我有了爱人，我会喜欢上像你这样的女孩。忆忆哈哈大笑说，我一定不会爱上你这样的男人。说完，就头也不回地走了。

走到半山腰，忆忆把包里的最后一瓶红酒一饮而尽，然后把空瓶子扔到了山涧，她决定让自己再醉最后一次。她想爱她疼她的楚桥。

她歪歪扭扭地走下山，喃喃着，楚桥，楚桥。

楚桥正躺着抽闷烟，一抬头却看到忆忆站在门口。他像什么没发生过似的说，回来了？忆忆一下扑到怀里，好久，才抽泣起来。

楚桥轻轻拍着她的背说，忆忆，原谅我，不该粗暴打你。

她说，我再也不爱红酒了，只爱你。

楚桥说，红酒还可以爱，我说过，愿做你一生的调酒师。只是答应我，不要喝醉。

楚桥告诉忆忆，毛巾厂的效益不景气，发的工资越来越少，他已辞了职，和几个爱好漫画的朋友成立个漫画工作室，业务还不错。

忆忆说，你一定能实现自己的梦想，到时我再好好喝你为我调的美酒。

忆忆又说，我想要辆跑车。

楚桥惊叫，又提跑车呀？

忆忆调皮地一点楚桥的鼻子，画的，我要你画的跑车。

楚桥嘿嘿笑了。

# 簕杜鹃下

　　小区路边的簕杜鹃长得很茂盛，浓荫密布，差不多一年四季都开着紫色的花朵。冯姨就在这片绿荫里摆了个缝衣服摊子。在广州这样的城市，几乎没有做针线活的家庭了。掉个纽扣换个拉链截去裤脚的，裁缝店少了，这类的小活计就都拿来缝衣摊子上做。

　　冯姨是翁源人，老伴去世早，儿子和女儿都在广州工作，女儿结婚后，就把她接过来住。除了简单的家务活，没什么事可做。这里的邻居又不兴串门，连个讲话的人都没有。冯姨闲不住，想来想去，觉得还是找点事做踏实。于是就在小区外面的簕杜鹃下摆了个缝衣摊子，一天也能挣个一十二十元的。重要的是，她不觉得闷得慌了。

　　自从簕杜鹃下有了这个缝衣摊后，小区里有个退休了的黄教授下楼就变得勤了。

　　黄教授的老婆早过世了，一双儿女在国外，都支持他再找个伴。有人给他介绍了两个，可他没中意。说起来都是有文化有气质的，可黄教授总觉得缺了点什么，不是自己想找的人。缺什么呢？他想了几回，想明白了——知冷知热的踏实感和温馨感。

　　冯姨每次给他修补衣服，都那么仔细，一点看不出补过的样子。缝好了以后还左看右看，比对待自己的衣服还细心。

　　他发现这个冯姨，虽没什么文化，但端庄秀气，说话也温和，他听着很顺耳，甚至感觉很贴心。

他把所有的旧衣服都找出来，却是一件一件地隔三差五地去籫杜鹃树下。冯姨奇怪的是并不常见他穿那些补过的衣服。

那一次，他把一条裤子拿来换拉链，冯姨理裤子时，衣袋滑下一叠钱，数数有 500 块，已被洗得皱了。取衣服时冯姨把钱给了他，并提醒他小心一点。黄教授连说，谢谢，并自言自语，唉，人老了，没人照顾真不行呐。

几天后，黄教授又去缝衣摊，发现冯姨有点咳嗽，一问是感冒了。刚好有了个表示的机会，他煲了姜汤外加老火鸡汤，在屋内转了几圈，才鼓足勇气端下楼。冯姨先是感到意外，接着是不好意思，一番推让，最终还是接过了碗。

下次再来。冯姨说，你真是个好人，我知道你是为了照顾我生意，以后那些不穿的旧衣服就不用拿来补了，真需要的我不收钱给你缝。冯姨又说，不过，人还是穿新衣服精神。黄教授脸上讪讪的，心里却美极了。

这天，黄教授又给冯姨端来了一碗排骨面，正要走，雨就下起来了，他只好和冯姨站在籫杜鹃下。冯姨问，退休了清闲吧？黄教授说，清闲，清闲得连时光都没法打发呀。冯姨说，你们有文化，还可以看书，我一闲着就快疯了。他说，看一天的书，也代替不了和一个人说会儿话呀。冯姨朝四周看了看，人们都进屋躲雨了，只有他俩在籫杜鹃下，冯姨脸都红了。黄教授却巴不得雨再下会儿。

有好几天，没见黄教授下楼，冯姨又不好意思问人，最终，还是忍不住问了。别人告诉她，前几天黄教授下楼梯时，崴伤了脚。她听了心里有点急：他一个人，多不方便呀。可自己和他非亲非故的，怎么去看呢？

最终，她还是下了个很大的决心似的，上楼去了。

黄教授一瘸一拐地来开了门，一看是冯姨，眼睛都亮了。冯姨说，听说你脚崴了，我上来看看。然后就帮他打扫起房间，又把他换下的衣服给洗了。

第二天，冯姨又来了。黄教授问，你不出摊子了？冯姨说，你伤了，我出摊子放心不下。

几天后，黄教授的脚好了。从此，籫杜鹃下，就是两个老人。一个捧着古典书籍，看得入迷；一个脚踩缝纫机，踏踏踏踏，倒也是一幅和谐的画面。

# 米兰一街

米兰一街是南宁一条很小很不出名的老街，如果说南宁是一个温文尔雅的少女，米兰一街就是个风烛残年的老妇。这条巷子里大都住着经济条件一般的普通人家，我家就在这条破败不堪的老巷子里。巷子很窄，侧身只能容两人行走，两边的人家窗户对着窗户，都是上世纪三四十年代的老楼，砖上结着青苔，瓦上长着青草，风一刮，破砖残瓦呜呜作响。虽然这里并不是人们想象的那样到处养着米兰花，可我觉得至少有一朵。方小鸟就是这里的米兰，她在我心里飘着淡雅的幽香。

方小鸟家和我家斜对门，我们几个小伙伴常聚在一起玩传统的跳格子过家家等游戏，我那时总想和方小鸟在一组，尽管是童年的游戏，我也希望和方小鸟共荣辱。上学放学我都和方小鸟一起走。可后来，我发觉走着走着，她们一堆只有我一个男孩子了，连和我最要好的大奇也走到牟强那一边去了。有一次放学我刚要叫方小鸟，牟强一把把我扯了过来，说男子汉整天扎在女孩堆里羞不羞呀。原来不知不觉间我们已长大了，我便疏远了方小鸟。

方小鸟的父母和我的父母一样都是市二纺厂的工人，她平时只穿着普通的衣服，可普通的衣服穿到她身上，硬是显得别有韵致。

那阵子，年少的我就过早地品尝了孤独的滋味。我常在阁楼上对着方小鸟家的院子看，看她趴在黄桷树下的石凳上写作业，看她帮母亲择菜，看她在老井旁打水洗头。还莫名其妙地担心她会因我的疏远而怀恨我。

后来，米兰一街列入拆迁规划。尽管我们都觉得米兰一街太旧太破，但要拆迁还是一时接受不了，因为这就意味着相处这么多年的邻居大多要就此分别。我首先想到的是从今以后不能和方小鸟朝夕相见了，尽管在一个学校读书，但谁知道会不会随着搬迁更换学校呢。方小鸟后来果然转学了。

方小鸟家那一边是先拆的。那天当笨重的推土机像老虎一样开进米兰一街时，我的心忽地紧了一下。我咚咚咚地跑上小阁楼，推开窗子，朝方小鸟家望去，方小鸟的家人正在搬东西，而方小鸟没事似的，像往常一样趴在石凳上写作业。我写了一张纸条，揉成团，用弹弓向方小鸟家的院子射去，刚好射在方小鸟的作业本上，我看她捡起了纸团。

吃过晚饭，我早早地来到米兰一街后面的一条林荫道上，这是我第一次以约会的方式和方小鸟见面。她大大咧咧对我说，这么神秘，什么事呀？我说，要搬迁了。这是早知道的事呀。她说。我说，我有点留恋。有什么留恋的？米兰一街那么破，我认为搬了好呀。她平静地说。我想说，我怕不能天天见到你了，但我没说出口。我一声不吭地揪着自己的头发……

方小鸟家搬到了安居工程小区。我家暂时到姨妈家借住，后来搬回了米兰一街新建起来的小区米兰苑。后来，我们几个都考上了大学，方小鸟上的是财经大学，牟强上了同一城市的电力院校。有同学说，方小鸟和牟强好上了。大二时，牟强在学校经常打架斗殴，一次酗酒闹事砍伤了一个同学的腿被开除了。毕业后，我进了父母待了一辈子的二纺厂，方小鸟进了一家银行，那是很多女孩子向往的单位。

我在二纺厂有了女朋友，是个普通的挡车工，但我们有着平凡的幸福。年少时的往事连同方小鸟一起从记忆中淡去。后来，听到一个吃惊的消息，方小鸟做假账，挪用客户存款给牟强做生意，结果被牟强全亏了，没能及时堵住那些洞。方小鸟把自己给毁了。

一天晚上，我来到米兰一街后面的那条林荫道上，体会一个少年才有的感伤。

# 白衣姑娘

　　我的邻居阿黄是个面的司机。有一天黄昏，他送一个客人从郊外回来，当时天色已晚，又下起了瓢泼大雨，路上没几个行人，因此阿黄把车开得很快，急急往家赶。

　　突然，阿黄看到车前飘过一把雨伞，他下意识地猛地把车身往旁边一拐，不想传来"啊"的一声尖叫。阿黄一个急刹车停了下来，但是已晚了——他下车一看，一个人已躺在了他的车下。他费了好大的劲把人从车底下拖出来，一看，是一个姑娘。一个闪电打来，阿黄看到姑娘白色的连衣裙上满是血迹，雨水、血水搅和在一起，十分恐怖。阿黄心想，若去投案，自己这几年辛辛苦苦挣的钱怕都要赔进去，弄不好还要蹲大牢。反正人已经死了，不如溜之大吉。他瞅瞅四下无人，把白衣姑娘往路边的沟里一扔，开车就逃。

　　第二天，电视台播出一条新闻，说昨天晚上郊区发生了一起交通肇事案。但由于下了一夜暴雨，现场遭到严重破坏，给破案带来很大难度。希望知情者打举报电话，同时也希望肇事者能投案自首。

　　阿黄一夜惊魂，第二天本不想出车的，但他怕遭人怀疑，还是强打起精神出车了。一天下来，也没有发生什么事情，阿黄心里镇定多了。傍晚，他送的一个客人刚下车，前面一个姑娘招手拦车。阿黄只觉得脑袋嗡地一下，因为这个姑娘穿着白色连衣裙，使他想起了昨天晚上恐怖的一幕。还没等他反应过来，姑娘已上了车，阿黄只好硬着头皮开动了车子。他问姑娘到哪里，姑娘说到太平路34号。快到太平路的时候，阿黄才反应过来，不觉一阵毛骨悚然，因为太平路34

号正是殡仪馆。果然，到殡仪馆门前，姑娘让阿黄停车，她递给阿黄一张一百面额的钞票，阿黄结结巴巴地说："算……算了……我……没零钱。"姑娘说不用找了，丢下钱就下了车，向殡仪馆大门口走去。阿黄忙调转车头，飞快地离开。到了家门口，他打开驾驶室的灯，却见姑娘随手丢在驾驶室的一百元钱变成了一张冥钞！阿黄吓得一夜没睡好觉。

第二天，阿黄再也不敢出晚车了。下午五点多钟的时候，他就决定收车。可当一个客人下车，他不准备再载客时，还没来得及关上车门，昨天那个白衣姑娘又出现在他的车前招手拦车。他本想开车溜走的，但他的脸色都吓白了，不由自主地让姑娘上了车。他问姑娘去哪里，姑娘仍说太平路 34 号。

阿黄一身冷汗将车开到太平路 34 号，停车后姑娘仍然从后面递给他一张百元钞。阿黄说："没……没零钱，不……不要……了。"姑娘也不说话，硬是将钱塞到他手中。他触到了姑娘的手，感觉像冰块一样凉。姑娘下车后依然走进了殡仪馆的大门。阿黄看看手中的钞票，转眼间又变成了冥钞。他将冥钞丢到了窗外哆哆嗦嗦将车开到了家。

阿黄接连在家睡了几天，他再也不敢出车了，只好将面的卖了。

阿黄用卖面的和这几年赚下的钱在门口开了个小百货店，生意也是清清淡淡。

阿黄虽然三十岁出头了，可一直未谈上合适的对象。这期间有人给阿黄介绍了女朋友，相处了些日子，阿黄感觉还不错，便和姑娘商定筹办婚事。

阿黄和姑娘到商场买婚纱。姑娘相中的都是白色的婚纱，阿黄不由得想起雨夜车祸的一幕，他无论如何不同意姑娘穿白色婚纱。他当然不能对姑娘说出事情的原委，只是对姑娘说，你穿红色婚纱。新婚那天，新娘子穿着大红婚纱，显得光彩照人，人人都夸漂亮。晚上，送走了客人，阿黄便打算进洞房和新娘子亲热。他打开洞房的门，一下子惊呆了：新娘子背对着他，身上的红色婚纱不见了，穿着的却是白色的连衣裙。新娘子慢慢转过身来，阿黄一看，正是那个雨夜被他撞死的那个姑娘。阿黄一下子吓昏了过去。

阿黄醒来的时候，白衣姑娘不见了。阿黄忙把家人叫来，说了事情的原委，他说再也受不了这种折磨了，当天晚上便到公安局投案自首了。

# 闲　章

　　洪武年间，楚州多丹青高手，还出了个专事治印的印人。

　　印人很怪，号称"怪石斋主"，从不露面，无人知其真名实姓。不管何人求印，都由男佣接下印稿，定日来取。其印刀法怪诞，放浪形骸。特别是所制闲章，古朴浑厚，拙中藏巧。一幅书画，配上怪石斋所治之印，便意趣顿生，增色几分。有此一说：一幅丹青如少了怪石斋治印，便算不得上品。当时楚州画界名流纷至怪石斋求治闲章。

　　但也有一人例外。

　　这人便是"残竹居"主人陆子鱼。

　　陆子鱼也是很有声望的一个画家。他的画豪迈沉郁，气势贯通。他尤喜画竹，笔下之竹，即傲骨挺立又秀逸空灵。其书也自成一家。唯一不足是他不擅治印。但他是个怪癖狂傲之人，从不用他人所治之印。怪石斋主故作高深，他嗤之以鼻。

　　因他不用怪石斋之印，其画便逊色几分，渐受冷落。

　　当时楚州知府甄基裕和陆子鱼是儿时好友，两人同读私塾。甄其裕也喜丹青，可惜无甚长进。后来甄基裕中举为官，陆子鱼便日渐疏远了他。甄基裕到家乡做了知府后，陆子鱼更少与他往来。有时甄基裕来访，陆子鱼也是不冷不热。他从不赠画于甄基裕，甄基裕也不介意。

　　眼看陆子鱼的画少有人问津，甄基裕来到"残竹居"劝子鱼，道："到怪石斋弄两方印试试吧。"子鱼摇摇头。甄基裕也知陆子鱼的秉性，便不再多言。

　　光阴荏苒，甄基裕因为一桩案子，秉公执法，得罪了朝中人，被削职为民。

　　子鱼寻思，该送给基裕一幅画了。

　　他精心作了一幅墨竹图。晚上，摸到基裕住处，家人说基裕去怪石斋了，他好生奇怪。到了怪石斋，甄基裕见是他，忙拱手相迎。见他面露惊讶之色，基裕也不言语，吩咐人弄两道菜，两人喝得脸酣耳热，都有了几分醉意。甄基裕从案头取过一方玉石，对子鱼说："分别以后，我自知在画艺上无大出息，便把兴趣转移到治印上，闲时消遣，只是从不让官场人知晓。到家乡为官后，得知一学友家贫无以谋生，便叫他开了怪石斋，由我晚间刻印，让他混碗饭吃。没想到我的怪印还很受欢迎。从明日起，我就是名副其实的怪石斋主了，今赠一拙印，仁兄不会嫌弃的吧？"

　　子鱼接过，按上朱泥，一方宣纸上四字赫然入目——正是自己在画斋中所题短幅：竹为吾友。落刀沉重，刚道超逸。

　　多好的一方闲章啊！

　　子鱼握在手里把玩，泪竟簌簌落了下来。

# 龙舟会

淮阴的历史上曾出过太监。

这个当太监的人就是顾六。

自明朝官员陈瑄督运，在淮阴开凿了清江浦河始，淮阴就有了赛龙舟的习俗。每年 5 月都要举行一次龙舟会。其时，千百只龙舟整齐列于河岸，水手着一色无袖短衫，手执轻桨，分两边坐于舟上，单等一声令下，锣鼓喧天，千舟齐发，那个场面壮观得很。

所谓龙舟会，并非仅仅赛龙舟。如同现在冠以"×× 文化节"，并不仅仅是文化活动一样。龙舟会还有歌舞等项目。其中两个项目最为有趣。一是跳水：后生们站在高台上，一个一个往水中跳，在空中做出各种好看的动作。二是盘杠子：龙舟尾部系着红绸，红绸上吊着杠，高尺余，水手可在水中抓住杠，表演水上功夫。

顾六生得结实健壮，谙熟水性，划龙舟跳水和盘杠子都是高手，每年龙舟会他都能博得阵阵喝彩。可他已有三年没来参加龙舟会了。

原来，一些摆富的太太、小妞观看跳水、盘杠子乐了，将银子、首饰丢下水去，让水手们去抢捞。还有一些富人将钱钞放入鸭蛋壳，封好后丢入水中，让水手们用嘴去含，含到归己。这鸭蛋是圆的，又与口一般大，在水中漂浮，岂能轻易含到？水手们为了得到钱，像鱼扑食一样，一扑，蛋壳往前一漂；一扑，蛋壳往前一漂，逗得王公贵人、富家子弟笑得前仰后合，

顾六觉得这是对人格的一种污辱，便发誓不再参加这种无聊的游戏了。

顾六家寒。这一年,有人为顾六张罗了一门亲事,并定下了迎娶之日。可眼看婚期将到,却连办酒席的钱都没有。顾六一筹莫展。

赛龙舟后,跳水、盘杠子开始。商贾官员、太太小妞们争先恐后往水中扔银元首饰。顾六无心玩盘杠子,脱去衣衫,一跃从高台上跳入水中。一会儿,他冒出水面,手里握一个金簪,他刚想往腰间塞(他特地在腰间缠一道半尺宽的红布,便于藏物),只听有人惊呼:"救命",循声望去,远处一女子在水中挣扎。顾六忙向女子游去,赶到近前,女子已往下沉了。顾六潜入水中,双手托起女子,踩水向岸边游来。

众人将女子弄到岸上,女子已昏迷了。一个妇人冲进人群,哭喊着"兰儿、兰儿"。顾六用手挤压女子小腹,少顷,女子"哇"地吐了一口水,醒过来了。

顾六这才想起手中的金簪丢入河中。

妇人说:"谢谢你救了我家兰儿,有恩日后定报!"拉起女儿匆匆走了。叫作兰儿的女子回头望了望救起自己的后生,想到自己一点回报的能力都没有,不禁心酸。这兰儿可不是一般的女孩,她就是后来赫赫有名的慈禧太后。

慈禧的父亲在安徽挂一虚职,贫困潦倒。父亲死后,母亲带着家人雇了一条船到京城投亲。路过清江浦即旧时的淮阴时,所带银两已所剩无几,便在清江浦码头停下,到慈禧父亲的一个旧友家借点盘缠。这个旧友在清江浦做了小官,适逢龙舟会,便领他们母女来看龙舟。兰儿看得忘形,一不小心从高台上落入水中。

这救人一幕也被顾六的未婚妻看到了。她是个小心眼的女人,见顾六在另一个女子身上捏摸,满肚子委屈,一气之下将这门亲事退掉了。

接着,顾六的母亲又一病不起,顾六东挪西借,也没能筹到多少钱。为了治好母亲的病,顾六一狠心,自己咬咬牙净了身,只身闯到紫禁城。

顾六被招到宫中,慈禧觉得这个人有点面熟,问是哪里人,顾六答是清江浦的。慈禧想起来了:这个人不是当年救过自己的后生吗?

慈禧面无表情地对李莲英说:"带下去吧。"

不几日后,顾六就因食物中毒而死,这当然是有原因的——慈禧不愿让知道自己过去窘境的人留在宫中。

慈禧传话厚葬顾六,并拨黄金千两,差人送到清江浦,让顾六母亲安度晚年。

慈禧觉得这样做,已是很对得起顾六了。

# 野园居笔记

## 赌　鬼

柳村刘五，好赌，家产挥霍殆尽。

妻用便桶，上有铜箍，刘五将箍撬下，卖于市，得钱，再博。运好，赢数文。为博妻悦，为其买一新裤。

然不几日，钱又输尽。夜妻眠，五轻起，悄拿妻新裤，至赌场作注，仍输。

如此溺赌，成村人笑谈。

后刘五死。眷给死者烧冥钞，俗也。然五妻片纸不燃，只用薄棺木葬之。众惑问故，徐氏曰："恐其至阴间再赌也。"

半年有余，村上一翁逝。然停尸三日后复生。众人皆问翁阴间情形，徐氏亦探刘五近况，翁曰："不提也罢，刘五无宅可归，惨矣！"众问："何耶。"翁曰："赌性不改，棺木被其输矣。"

野园居主人曰："万恶有始，久而成习，积习难改，由此可见一斑矣。"

## 哭　村

某村女童，父早逝，随母度日。童甚孝，六龄即助母做饭、洗衣、砍柴。母忽病，无钱医，童即翻山采菇笋卖钱抓药。每念母病，泪不能止也。一日童采菇歇息山间，泪又簌落，滴于石，竟有沉沉声，细观，泪滴成金也。童当金抓药，母病乃愈。

155

童无忌，告村人。村人闻其事，皆仿童悲啼，泪落果成金。皆狂喜，遂长哭不止，金成丘。

　　村人乃富，华厅豪宅，锦衣珍肴，坐享荣华。然皆面目凄楚，色如死灰，勿能展笑颜矣。

　　此村遂成哭村，贻笑方圆百里。

　　老辈讲古，野园居主人记之，以警世人矣。

# 神雕刘

刘千闲也算是小城的一个名士。他有一手雕刻绝技，人称"神雕刘"。随便取一块材料，他都能在上面雕出活灵活现的图形。他能在一枚白果上雕出金陵十二钗，更神的是能掏空桃核，在桃核内雕出壁画。

千闲生性怪僻，他家产颇丰，却偏在小城东半坡山搭一草棚住下，开出一块菜地，过着清淡的生活。他的雕刻也从不轻易示人，至今得到他雕刻的，只有两人。一是他的岳父都梁画院院长李铭夫，据说李铭夫就是看中他的雕技才将小女李末儿许配给他的。

这第二人便是剑客谢如壁了。

那一日，当地一恶少在街头欺辱民女，数人围观竟无人敢问。正在那恶少得意之时，斜里冲出个人来，飞起一脚将恶少踢了个面朝天，众人皆赞。恰巧刘千闲路过，目睹这一幕，便上前向好汉施礼，赠其一微雕。谢如壁一看，雕刻的人物正是自己，刚才那个飞身动作栩栩如生，很是钦佩千闲的刀技。谢如壁乃一富家子弟，几度金榜无名，便放弃仕途，耍拳练剑，浪迹江湖。结识千闲后，常来山中和千闲把盏品茗，谈论世事。两人遂成知己。

清朝末年，小城住进一批英军，横冲直闯，无恶不作，小城人敢怒不敢言。但不多日，常有英兵被取首抛尸于护城河。

人们都传说小城来了一武功盖世的侠客。

侠客在一日夜间行刺时终被英兵捉住。次日便被处死，将头悬于城门示众。千闲见了，差点晕了过去——城门之上正是好友谢如壁之首。

157

千闲病了几日。

英军在小城更猖狂了，打家劫舍，掠夺财宝。首领约翰逊闻知小城有个神雕刘，便派兵到山中，要刘千闲进贡微雕珍品，否则便要他的头。

刘千闲想了想，点了点头，应了。

十日后，千闲来到英军住处，呈上一微雕。约翰逊一看，材料是上好的白玉，数寸见方，亭台楼阁，飞檐斗拱，石径花墙，小桥流水，纤毫毕现，恍如真景。一日，约翰逊闲来无事，取出玉雕赏玩。恰有一阵微风吹来，约翰逊听到手中的玉雕"吱呀"一声，再细瞧，只见楼阁中一扇窗子微微扇动，真是奇了。约翰逊用手指尖去碰窗子，竟能活动。他拨开窗子，想看看室内的景致，可刚把窗子打开，便大叫一声向后倒去。

侍卫人员跑来一看，约翰逊的脑门喷出滩血浆，顷刻毙命。军医从他脑内取出一微型玉剑，细如毛发。

英军立即搜捕神雕刘，可千闲早已不知去向。

后来，这尊玉雕辗转传到都梁收藏古玩的柳七怪手中，他说玉雕那扇打开窗子的室内，有一人作投剑状，细观其容，和当年剑客谢如壁分毫不差。

只是从未见柳七怪拿出那微雕示人。

有人不信，有人信。

# 琵琶魂

书生姓冯，本生于一个富豪之家，自从爹娘暴病双亡后，书生失魂落魄，整日喝酒赌博，家产很快就被挥霍殆尽，靠上街卖字画，聊以度日。

冯生作画之余，不抚笙弄箫，一个七尺男儿竟然抱起了一把琵琶弹奏起来。

琵琶是奴婢巧娥留下的。冯生曾和巧娥偷偷相爱，冯生父母知道后把巧娥逐出家门，可怜巧娥悲痛欲绝，含恨自缢。

想起往事，冯生不由潜然泪下，把琵琶弹得幽幽怨怨，很是悲切。

一日黄昏，冯生弹累了琵琶，步出室外，仰天嗟叹。返进屋却见桌上摆满了丰盛佳肴，香味扑鼻。正纳闷，眼睛被一双手蒙住，待他睁开眼，一妙龄女子已闪到面前，虽算不上美貌，却也清秀可人。

冯生问："你是何人？从哪里来？女子道："不必多问，你只知我叫小玉就可以了。"遂挪凳递筷。冯生已是多日未吃这么好的饭菜，顾不了许多，便和那女子一同进餐。饭后那女子收拾完就走了。

自那以后，女子每晚必到，给冯生做丰盛的晚餐，只是对她的身世来历从来不说，冯生也不再问。日子久了，两人生出爱慕之情，遂结为夫妻。小玉在家洗衣浆裳，冯生上街卖画卖字，也积了好些银两。夫妻俩恩恩爱爱，日子过得倒也甜蜜。那些日子，南阳城内到处传说翠苑楼来了一绝代佳人，叫青衣。这女子性情刚烈，第一次接客。非得她相中不可，否则宁愿去死。念她长的标致，是一棵摇钱树，鸨儿就依了她。闻此消息，到翠苑楼的人踏破石阶，但都败兴而归。这天，冯生经不住赌友劝说，决定也去开开眼界。

来到翠苑楼，鸨儿笑道："这青衣可是未开苞的嫩芽儿，不知二位可有福气消受？"赌友和冯生互相推让了一会儿，赌友先去了，可不一会就沮丧着脸出来了。冯生轻启门帘，只见一青衣女子面窗而坐，轻拨琵琶，纤纤细腰显示出妙龄女子无限神韵。冯生顿觉飘然如入仙境。须臾，那女子缓缓转过身来，冲冯生微微一笑，果然明眸皓齿，国色天香。冯生迫不及待宽衣解带，拥美人上床，真是狂风折花猛雨推芽。事毕，那女子朱唇轻启："我这女儿之身就归你了，我本是良家女子，因生活所迫才落入烟尘。我这清白之身不想被他人玷污，贵人如能赎我出去，我愿做牛做马，侍候您一辈子。"冯生说："这、这……"他想起了家中的贤妻。"贵人难道不喜欢我？"女子问。冯生终经不住美色的诱惑，连说："喜欢，喜欢，只是你真的愿意嫁我吗？""自然愿意。""好吧，明日我来赎你。"走出翠苑楼，冯生仍沉醉在床笫之欢的回味里。

　　他在心里盘算，有这样的美人陪在身边，此生才不算虚度。反正小玉没有来路，干脆……人不知鬼不觉。

　　打定主意，他来到家里，轻推房门，见妻子已熟睡，就用手死死卡住她的脖子，直至确信无一点气，才到后花园挖了个坑埋了下去。冯生一夜未睡，好不容易挨到天明，就去了翠苑楼。鸨儿接过两千银两，就领他去接青衣，可打开青衣闺房，却空空如也——青衣已不知去向。他和鸨儿都大惊。

　　此后，冯生又过起了失魂落魄的日子，靠卖几张字画勉强糊口。这日，他很是颓丧，又去摸那琵琶——他已有好些日子未弹琵琶了。奇怪的是，冯生一拨弦，却拨了个空——琵琶不翼而飞。

　　原来，小玉和青衣皆是琵琶所化。

# 大　王

刀笪很小的时候娘就死了。

是他爹刀洪活活打死的。

娘咽气前留给刀笪一句话："记住，他（刀洪）不是你的爹……"

刀笪娘是和刀洪结婚两年后怀上刀笪的。刀洪心中有数，自己那玩意儿不管用。但他没声张。终于有一天刀笪娘和孟泰赤条条躺在一起的时候被刀洪捉住了。

刀笪那时还小，自然不懂大人的事。

长大后的刀笪脾气很古怪，寡言少语，独来独往，显得很不合群，一双漠然的眼里露出股邪光。

他常把自己关在房里，一待就是半天。刀洪也不问。

有一天，刀洪还是忍不住了，推开房门，问："你在做甚？"

"弄枪。"刀笪头也不抬。

"弄枪？弄枪干吗？"

"杀人。"

"杀谁？"

"杀你！"

"你敢？我是你爹！"

"娘说过，你不是我爹。"刀笪霍地转过身，黑黑的枪口对准了刀洪，"嘭"地一声刀洪就倒下了。

刀笪推开门的时候，孟泰正在喝酒。

孟泰心中一喜，面前站着的年轻后生活脱脱是当年的自己呀！

他刚想说什么，却见刀笪拔出了枪。

"你要干吗？"

"我要杀你！"

"谁叫你来杀我？是你爹？我才是你亲爹！"

"那你就跟我娘去吧，是你害死了我娘！"

"不……"孟泰往后退着，刀笪一扣扳机，他就倒在了酒桌旁。

连沾两条人命，刀笪就上山为匪，当了大王。

和众多匪首一样，刀笪也娶了个美貌的压寨夫人。

可近一年下来，夫人还久久没动静。有了上辈的教训，刀笪预感到坏事，他暗暗请来郎中，毛病果然出在自己身上。

一年多后，压寨夫人的肚子鼓了起来。

生下个胖小子，取名刀良。

儿子刚刚会爬时，压寨夫人突然暴死，原是吃了有毒的食物。伙夫曹兴便遭酷刑，被十条猎犬碎尸。

大王为夫人守灵三日，杀了百头肥猪摆祭坛。出殡那日，几千人队伍披麻戴孝，唢呐呜咽，纸幡飘摇，场面煞是悲壮。

之后，心腹欲替大王再抢个压寨夫人，大王一摆手："罢了。"

众匪皆叹：如此重情的大王真是少有！大王是条汉子！

很快，儿子刀良也成了一条汉子，英俊强悍，生龙活虎，武艺超群，无人匹敌，甚得大王宠爱。众匪皆度：将来的王位非他莫属啊。

一天，苟延残喘的大王喝退众匪，将刀良叫到身边，对刀良说起了往事……

"我气数将尽，把一切全告诉你，也不怕你对我怎么了……"

原来，伙夫曹头才是刀良的生身父亲！

刀笪说完这一切的时候，就闭上眼睛。

可他没有听到他想听到的声音，却听到了刀良"扑通"一声跪倒在地，说："纵然我不是父王所亲生，但父王对我爱如亲子，我死也不忘父王对我的养育之恩……"

刀良还想说下去，"呼"地一声枪响了。

众匪跑进来，刀良已倒在了血泊中，都不明白是咋回事。

"拖下去！——没血性的孽种，日后必成不了大器！"大王一挥手说。

又是"呼"地一声，大王倒在了座椅上，握枪的手垂了下去。

# 辫　书

前清时，楚州出了位大书法家，姓庄名墨农。

其书奇特狂怪，浑厚遒劲，朴茂酣畅，豪性纵逸。

令人叫绝的是他的字不是用狼毫书就，而是盘在头顶的一条长辫。

庄墨农的父亲庄相儒是一个落魄的秀才，闲时教墨农填词习字。墨农牧牛，总不忘带一块青砖，牛儿在河边吃草，他便用辫子蘸水在青砖上练字。

有一次，庄相儒领着墨农去参加一个朋友的宴会。这个朋友中了举人，来者多本地名流。宴后大家挥毫泼墨，为举人助兴。最后才轮到庄相儒——无人把一个穷秀才放在眼里。庄相儒并不露手，扯过墨农道："老朽不才，还是由犬子代劳吧。"墨农不言语，也不接笔，从脑后揪过细长的辫儿，饱蘸浓墨，悬腕运"笔"，片刻之间，一幅行楷已就。铁画银钩，力透纸背。举座皆惊。

那一年，墨农才 9 岁。

墨农牧牛时依然习书不止，久而久之便练就了一套辫书绝技。他作书时不用砚台，而是将磨好的墨倒入青铜盘中，一摆头，辫梢掠过盆面，如蜻蜓点水，任意挥洒，皆成妙境。

他的字一时被人竞相收藏，大有洛阳纸贵之势。

墨农为人敦厚正直，仕途却颇不得意，多年靠卖字为生。近五十岁那年，他才中了进士，在州府当主簿。闲时，他常写些字赠给穷苦人换点银子糊口。楚州百姓皆盛赞其人品。

一日楚州府宣斩一批囚犯，当囚车驶过街头时，百姓都惊呆了，其中一个正是奇书大师庄墨农!

人们不知墨农犯了何罪。

刑场被挤得里三层外三层,受过庄墨农接济的百姓都泪水涟涟。

行刑令下,庄墨农挺胸昂头,面露鄙夷之色。刀落瞬间,他一甩长辫,头尸两离,可他的长辫竟仍在舞动,犹如惊龙飞蛇,旋即,刑场上出现两个血红的大字:狗官!

据《楚史拾遗》载:"山阳人庄墨农有辫书奇技,为楚州府主簿,后,得罪权贵被陷。刑时其首落地,其辫乃动,蘸血书字泄愤,其状惨烈……"

# 雪 画

　　兖州城外农庄有个书生叫柳应寒。

　　柳应寒家贫，仕途又颇不得意。自恃画得一手好画，却无人赏识。常自艾自叹，恨无知音。

　　一日，他歇息田垅，迎面走来个书生，长得白白净净，眉含英气。书生见他满面忧郁，便坐下和他攀谈起来。柳应寒向书生诉说功名不就的苦恼，书生好言相劝，句句都说在他心坎上。知己难求，他遂邀书生到寒舍小坐。

　　柳应寒弄了两个小菜，欲去买酒，书生说不用了，从腰间摸出一个葫芦，斟起酒来，顿觉香气扑鼻，令人生津。应寒从没喝过如此佳酿，遂开怀畅饮。席间得知书生姓白名如雪，生于富豪之家，因不忍家父严管，负气离家的。

　　庄寒说："仁兄若不嫌我家寒，就此住下如何？

　　白如雪说："好。"

　　两人畅饮之时，门外飘起雪花。

　　白如雪赞："好雪！"便磨墨展纸，画了几幅松、竹、梅图，信笔之时，应寒已知书生功底非同小可，泼墨大胆，非常人所为。可如雪搁笔之后，应寒看来看去总觉得几幅画少了一种气韵。在他愣神之时，白如雪已跨出门外，从雪地抓了个雪团回来，放到白瓷碗中，用口一呵，顷刻，雪团融化成水。白如雪净了笔，蘸上雪水，在画上圈圈点点、任意挥洒，几幅画上立时雪花片片，静中有动。雪梅、雪松、雪竹，顿时有了神韵。"真是神来之笔，神来之笔，仁兄莫非神人也。"柳应寒赞叹。白如雪说："这有何难，你也能画。只不过是你平时不知个中诀窍罢了。"便叫应寒试试。应寒将信将疑，摸过纸笔，效仿起来，果真不假，清水落到纸上便成了飞雪。

翌日，白如雪嘱柳应寒将画皆以他自己的名义拿去卖。柳应寒说："这样不妥吧？"如雪道："我只求活得逍遥自在，名利于我无用，而你需摆脱眼下处境。"应寒也就不再推辞。他来到集市，将画悬于一店铺壁，顷时就围拢了许多人，赞不绝口，争相购买。

应寒得了好些银两，很是欣喜。便又买了好酒好菜，回家和如雪畅饮起来。席后，他乘着酒兴又作了好多雪景图，如雪也在一旁连连赞好。

他将画拿到集市，又被人抢购一空。

此后，两人常在一起交流画艺，柳应寒大有长进，很快就和白如雪齐肩了。

柳应寒的名气渐渐大了起来。他的雪景画一时被商贾争相收藏。

钦差大臣李相亭巡视兖州，闻应寒之画名，特意召见。柳应寒当场表演画艺，所画《雪荷》，甚得李相亭赏识。古往画人画荷，要么是夏日艳荷，要么是秋日残荷，他却画冬日之荷。冬荷也是残荷，可他笔下之荷，泼墨淋漓酣畅，浅深层次皆以墨浓淡分之。荷叶虽萎，衬以雪景，并无丝毫萧条败落之气。蓬梗裹雪，更显荷之冰清玉洁。整个画面只有黑白二色，一方朱印又使画面免去冷清压抑之感，生动异常。得知他仍无功名，李相亭便封他一个小官，在县衙混口饭吃。

得知此讯，白如雪也甚是为他高兴。

后来，兖州县令擢升，得李相亭引荐，柳应寒被封为一县之主。

当上县令后，柳应寒就很少回去和白如雪叙谈了，只是时常托人捎些银子回去。

一天，一个衙役跑到大堂，对柳应寒说："大人，有一人在街头卖画，全是仿你的画风，有损大人声誉，请查访。"

柳应寒从官轿下来，发现卖画者竟是白如雪。他说："哎呀，原来是白兄，缺钱花向我说一声不就行了，何苦出来卖画呢？"

白如雪道："我卖画又不是为了钱，只是找个乐儿。"

柳应寒叫他快收了画摊，跟他到县衙叙叙，白如雪怎么也不应。柳应寒很是不悦，只好打道回府。

一连几日，白如雪都来县城卖画。

这天，来了个衙役，二话不说将白如雪的画摊踢翻了，说他冒仿县太爷手笔，骗取钱财，不容白如雪分辩，就将白如雪绑了押回县衙，打进监狱。

不几日，兖州降了一场大雪。柳应寒在府上独自畅饮，乘着酒兴，作了一幅瑞雪丰年图：座座村落，尽披银装，柴门红灯，玉树雪墙，一片祥和之气。隐喻皇恩浩荡，恩泽山河。柳应寒摇头晃脑自我欣赏一番，甚是满意。当下差人冒雪送往京城，希望得到皇上赏识。

皇上听说兖州县令画界名流柳应寒雪天送来雪画，很是高兴。可待他展开画轴，不禁气得胡须直抖——此画哪有什么雪景，却见幢幢茅舍，腐草萋萋，秃树枯枝，显得万般荒凉。分明是讥讽当今皇上昏庸无能。

是日，柳应寒正在备案，忽觉脖下一阵冰凉，他好生蹊跷。一抬头，满堂飘着雪花。再细看，雪花却是从他所作的几幅雪画上飘落，顷刻之间，几幅画上的雪已落尽，萧索之气令他不寒而栗！蓦然，他想起自己献给皇上的那幅瑞雪图，不禁惊出一身冷汗。

# 古 灯

月黑风高。

荒野小道有一个飘忽的黑影闪进一片墓地。

黉夜，黑影幽灵般地走出墓地，进了一座院宅。他掏出布袋内的物件，借着灯光，看到这是一件上好的青铜器。再细瞧，却是一盏灯。灯很精美，底座上两条腾龙在戏一颗明珠，明珠发着绿莹莹的光。珠上有一灯芯状物，他试着点火，立即蹿出一串火苗，室内骤然明如白昼。

灯光映出了一张很俊秀的脸。

彭图本是一介书生，年年月月，挑灯苦读，异常勤勉。可却无缘金榜，屡试不中。他便灰心丧气，整日沉溺于赌场，把爹娘留下的财产挥霍一空。

他原本胆小，可为了赌本，竟做出了令一般人发怵的盗墓之事。财能壮胆，久而久之，他从死人口中抠珠宝也面不改色心不跳了。

这日晚他在墓地掘一新坟，墓中葬着一年轻女子。他摸索了半天，仅得一铜铸古灯。

上床后，他睡意全无，索性坐起，在古灯下读起诗书。自染上赌瘾，他已多日未摸书卷，今晚却百读不厌，还兴致大发，赋词作诗。

翌日，他去了数十里外的先生家。先生阅罢诗稿，连赞："好诗！好诗！想不到多日未见，汝有如此长进，可喜可贺啊！"

说也奇了，彭图自此再无赌博、盗墓之念，整日闭门苦读。

一日深夜，彭图困倦至极，伏在案上打起盹来。恍惚间，他觉得鼻孔痒痒，嗅到一股奇香。一惊，醒了。面前站着一个眉清目秀的姑娘。

彭图觉得姑娘有点面熟，似乎在哪儿见过，一时又想不起。便问："你是人是鬼？"

姑娘"咯咯"笑了起来："想不到你如此胆小，我是西村的柳莹呀。你以前常到柳叶河边读书是不是？"

彭图想起往日在柳叶河畔吟读时，对岸确常有一个浣衣的姑娘，只是那时醉心诗书，也没多留意。

两人一下子亲近了许多。彭图向柳莹倾诉了自己功名不就的苦衷。

柳莹说："如被一时失意所吓倒，还算得上七尺男儿吗？只要你有真才实学，何愁无用武之地呢？"

说得彭图额首称是。两人又叙谈了许多，不觉已近天明，彭图打了个哈欠。瞬间，柳莹就不见了。

晚间，柳莹又来伴彭图攻读。

日子久了，两人都生了爱慕之情，便有了男女之欢。

年余，彭图赴京春试，中了头榜，被封为汴京知府。

就任前，柳莹将一针脚细密的红绣包给彭图带上，嘱他好好保存。到汴京后彭图打开绣包，拿出的是那盏古灯。他明白了柳莹的用心，把古灯置于寝室案头。有古灯相伴，他常文思泉涌，写出不少锦绣文章。

起初，彭图还慎理政事。日子久了，便厌了。一有闲空便要婢女为他弹奏舞唱。他心旌摇荡，神魂颠倒，常把婢女带到寝室鬼混。地方官员投其所好，常送来美艳女子供他挑选。

这日，彭图见一个新招来的婢女明眸皓齿，粉面若桃，顿生邪意，当晚便留下这个婢女侍候自己。一会儿，彭图便坐不住了，饿狼扑食般将婢女拦腰抱住。谁知这婢女生得一副烈性，坚决不从，挣扎中打翻了案头的古灯，屋内一片漆黑。婢女挣脱了彭图的手，彭图岂肯放过，又扑上去，婢女左躲右闪，彭图就是抓她不住。

也不知追了多久，彭图累得气喘吁吁，他一个跟踉跌倒在地上，任凭他怎么挣扎，就是站不起来……"

　　天将明时，彭图打了一个寒战，蓦然惊醒，身上已结了厚厚一层霜。茫然四顾，野坟座座。自己正坐在一座坟前，坟四周都是自己的足印，已叠成一条小径。

　　他忽地记起，那盏古灯正是从此墓中所盗，不禁惊出一身冷汗。

# 闲云茶馆

　　闲云茶馆坐落在小城的灵隐深巷，两层旧式小楼，粉白的墙上挂着字画，清淡雅致。红木桌椅纤尘不染，古色古香。茶案上放着织有图案的草编茶垫，茶具是上好的紫砂壶，茶叶是上等的"龙井"、"碧螺春"。沸水则取自八十里外都梁山的天然泉水，泡出的茶清香扑鼻，回味久长。品茗之时，还可听一两段地道的苏北小调，心旷神怡。因此，闲云茶馆虽处僻巷，生意却是很兴隆。

　　茶馆的老板叫荣天宝，国字脸，青须浓眉，个头不高，一副精干的样子。他本是贫苦出身，十几岁就挑着担子走街串巷卖茶叶。积了一些钱，便开了这个茶馆。每有客来，他便起身向前，抱拳相迎，一声"客官里面请——"比当年挑茶叶担的声腔温婉了许多。

　　在茶馆唱小调的便是老板娘香云，长得颇有几分姿色。香云也是寒家女，父母早亡，流落街巷，唱"门弹词"谋生。到云茶馆坐唱后，总算有了个安身之所。自从她来后，闲云茶馆生意就更好了，荣天宝很是高兴。第一次给香云工钱，香云却不接。荣天宝先是犯糊涂，想着想着就明白了。不久，找个媒人撮合一下，两人就结成了夫妻，两口子把茶馆开得红红火火。

　　闲云茶馆有个常客叫闻自达，是荣天宝的朋友，两人一同上过私塾。后来荣天宝因交不起学费辍学了，闻自达一直读了下去，虽未及第，但孬好是个秀才，四处托人，总算在官府谋得一桩差事。他无事常来闲云茶馆和天宝叙旧。天宝自然不怠慢他，只要见到他的影儿，就上前躬身相迎，等他落座，一杯热腾腾的香茶已捧到他面前，有时叙晚了，天宝便留他小酌。

172

一日，州府大人巡视路过小城，小城无好去处，闻自达便将州府大人带来闲云茶馆品茶。荣天宝殷勤服侍。那州府大人一边品茶一边听唱，一双金鱼眼却骨碌碌地转，不时朝香云身上瞄。

荣天宝在一天夜里不明不白被人暗杀了。

香云也不知去向。

闲云茶馆就此关门了。

时光荏苒，二十多年后，一年轻后生将这两层小楼租了下来，修葺一番，闲云茶馆又开张了。据说老板是荣天宝的遗腹子荣小宝。当年父亲被害，母亲被逼为人妾，将小宝抚养成人后便含恨自缢了。荣小宝长大后愤然离开了官府。

此时的闻自达已是老朽之年，致仕在家，摆棋品茗，消磨时光。听说闲云茶馆又开张了，他心里一颤，几日闭门不出。

终究，他还是忍不住来到灵隐巷，令他惊异的是闲云茶馆仍是当年模样。

他整整衣冠落座后，一杯热茶已置于案头。他仍像当年一样，并不急于品茗，双手在紫砂壶摩挲着。待温度慢慢退去后，他才缓缓揭开壶盖。谁知他刚低头欲饮，杯中却飞出一口唾液，正中他眉心！他怪叫一声，吐了一口血，倒在了茶案旁。

茶客们纷纷围拢过去，只见茶案上紫砂壶底有一个清晰的人影，转身离去，可人们仍看清了：国字脸，青须浓眉，正是当年的荣天宝。

这是小城多年来出的一桩奇事。

# 小红筷子

老竹匠张跛子做竹匠几十年了，他的活好，做出的东西耐用，附近的人都喜欢买他的竹器。别看他跛了一条腿，可他的手很巧，凡和竹有关的大小家什他都会做。竹椅，竹凳，竹篮，竹箩，竹席，竹笠……件件精巧，样样结实。

他常在集市上边卖边干着活儿，像铜钱那么厚的一片竹篾，竟能划成八层顺八绺的细篾丝，编起竹笼来，像女子织毛衣一样纯熟，那手艺真是绝了。所以他的生意特别好。

这天晚上，他正准备休息，响起了一阵轻轻的敲门声。

他懒洋洋地问了声："谁呀？"

门外一个女子的声音："竹匠师傅，我是来请你做筷子的。"

哦，张跛子开门一看，是一个不高的姑娘。他让姑娘进屋，只见姑娘手里拿着一只小红筷子，只有一根手指那么长。

姑娘说："我很喜欢这双筷子，用它吃起饭来特别香。可是不小心弄丢了一只，怎么也找不到了，所以我想请你来配一只。"

咦，张跛子稀罕了，自己做半辈子竹匠，还没碰到要配筷子的，而且是那么小的筷子。"姑娘，我没听错吧，你是说——来配筷子？"他一时不知该答应好还是不答应好。

"都说你的手艺好，我想你肯定能配的，对吧？"

这个姑娘可真会说话，就算你有心拒绝也不忍心拒绝了。张跛子想。

他说："我试试看吧。"

话刚说完，姑娘已转身走了，走路好像一点声音都没有。

第二天，张跛子起了个大早，翻出所有的竹子。他做事一向认真，尽管是配一只小筷子，也毫不含糊。挑了半天，他终于挑了根最适合的竹子。竹色老成，坚韧泛黄，准是做筷子的好材料。张跛子嘿嘿地笑了。

他用砍刀把竹子劈开，截了一断，劈成了筷子的形状。接着又用细篾刀慢慢地修，直至修得上方下圆，光滑顺手，和小红筷子放在一起，一点也不粗，一点也不细，正好是一对。他又用上好的红漆，把小筷子刷了一遍。

做完这些，张跛子一抬头，不觉已是午时，想不到一只小小的筷子，竟耽搁了大半晌时光，赶集都忘了，他草草吃了午饭，又接着做其他活计。

傍晚，小筷子上的油漆已经风干了，他拿来和姑娘拿来的这只放到一起，都分不清哪只是新哪只是旧的了。

第二天，张跛子赶了个早集，生意特别好。晚上回家，高兴地喝了几杯酒，睡不着，又扯过一把篾条，编起蝈蝈笼来。编着，编着，竟迷迷糊糊睡着了。

夜半，他被一阵敲门声惊醒，开门一看，正是那天来的姑娘。

张跛子一点没为姑娘惊了睡梦而恼怒，反而乐呵呵地说："姑娘，你的筷子已配好了，它可费了我不少心呢。"

姑娘把筷子拿在手里，左看右看，爱不释手，说："你的手艺太好了，我都分不清哪只是配的了呢。"

张跛子说："可不是，连我也分不出呢。"

姑娘说："谢谢你了，我该回去用它吃饭了。"

张跛子还想和她说点什么，姑娘一转身已不见了。

第二天起来，张跛子见门槛旁放着两块银钱，料想是昨晚那个姑娘留下的。一只小小的筷子哪能值那么多钱呢，再说自己本就没打算收她的钱。

约是半月后的一天，张跛子从集市回来，路过一个村子，围了好多人。他上前去，听说一只狐狸常在村里作怪，被道法高的人用大网罩住了，显了原形，原来是只母狐。

张跛子看到，母狐的旁边有双小红筷子。

他对捉狐的人说，别杀它，我给它买回去。

张跛子把受了伤的母狐抱上了放竹器的担子。回来，用盐水给它擦洗伤口。

175

母狐哀怜地躺在他的臂弯里，月牙形的小眼睛感激地看着他，似有两滴泪落下。

母狐告诉张跛子，她就是那只配筷子的狐狸，因修炼不高，那天被高人用网罩住，无法脱身。

是夜，母狐钻进张跛子的被窝，张跛子也不害怕，和母狐相拥而眠。

张跛子的爹娘离世早，也没什么亲戚，可以说是个实打实的孤儿。因为腿跛，50多岁了还没成婚，一个人过着寂寞的日子。

自此，母狐每天为张跛子做饭洗衣，还跟他学砍竹破篾，和贤惠的妻子并无二致。

母狐做出的饭菜很香，张跛子每天喝二两酒，集市上的人都看到他整天满面红光，喜笑颜开的。

一晃一年有余，母狐生了个孩子，是个女孩儿。他们把孩子取名小红筷子。

邻居都夸小红筷子长得乖巧可爱，聪明伶俐。

一天，母狐对张跛子说，我和你只有一年的缘分，我该走了。

张跛子心中虽有千般不舍，但也知道这不是他这个凡人能左右得了的。他只好眼看着母狐转瞬消失在眼前。

张跛子带着小红筷子生活，整天快乐得连挑竹器的扁担都唱着歌儿，只是想起母狐来他又沉默得像棵竹子。

# 胯下桥

日丽风和，楚州城集市人头攒动，熙熙攘攘。

韩信身着布衫，腰挎长剑，步履悠闲，显得风流倜傥。他走着走着，忽而被卖肉的张屠夫拦住去路。这张屠夫满脸横肉，外号"张一刀"。他卖肉从不用秤，只一刀砍下，准够斤两，既不会多，也不会少。加之他臂力过人，粗通拳脚，也算是楚城内的一个人物。

韩信聪颖过人，精通诗文，还好耍拳弄剑。虽家境贫寒，却整日一样开心，张一刀很是妒忌。今天，他决计耍弄韩信一番。

"你要做甚？"韩信问。

张一刀阴笑："我听说你剑法过人，今日想和你比试比试。你用剑，我就用这杀猪的刀，杀死砍伤两不相干。"

"对不起，我没闲空。"韩信说罢，扭头便走。

"不是没闲空，是你不敢！"张一刀一跨步，又立在他面前。

韩信愣了愣："就算我不敢。"转身欲离。

张一刀一跃跳到韩信面前，叉开两腿，指指胯下："想走，就从这里钻过去。"

围观者越聚越多。韩信紧攥剑柄，他虽不如张一刀强悍；但凭他娴熟的剑法未必就敌不过张一刀。可他不愿与这种小人无聊斗殴。想到母亲平时对自己的教诲，他的手从剑鞘上滑了下来，双目一闭，趴到地上，带着愤怒和屈辱从屠夫的胯下钻了过去……

此后，韩信便从楚城失踪。这日，楚城来了一队人马，坐在白马背上的首领正是韩信。他受辱离家，仗剑从军，成为汉高祖刘邦手下一员大将，统军数万，屡建奇功，被封为楚王。

人马未歇，韩信便差人召见张一刀，可这屠夫竟理也不理。

翌日，张一刀正在剁肉，一抬头，韩信不知何时已站在案边了。张一刀仍自顾卖肉，韩信说："张屠夫，不敢见我了吗？"

张一刀冷笑："要砍要剁，随你便，休想我自己去送死。"

韩信道："你未免太小瞧我了。我堂堂大将，会计较你当年一时过失？我看你壮而有勇，想招你到军中任职。"

张一刀说："现在你杀我很容易，何必还来套我？我可不愿到你手下任职。"

韩信仍无怒容："我言而有信，诚心用你，决不计前嫌。"

张一刀不再言语，手握屠刀，一纵身跃过肉案，叉开两腿，石塔般地立于韩信面前，粗声道："如你真的有诚意，就像当年一样，从我的裆下钻过去。"

这招可把韩信手下的将士气坏了，举刀挥剑，冲向张屠夫。

张一刀嘿嘿冷笑。

韩信斥退将士，不慌不忙卸下官服，可他两掌刚着地，张一刀已扑通一声向后倒去——锋利的屠刀深深地刺进他的心窝。

韩信怔惊了！他抽出长剑，"咔"地折断了。众将士皆问："韩将军，这小子死得活该，你何以至此？"

韩信长叹一声："我本不该来找张屠夫的。为图大度之美名，却逼死了一个硬汉，真的有失大将风度啊！"

现楚州城内存有一座胯下桥，行人至此，别无他途，必从桥下走过。

有人说此桥是纪念韩信的，有人说是纪念张屠夫的。

至今尚无定论。

# 茶　仙

　　兖州城一条小街的斜坡底坐落一家天泉茶庄，老板虞临池是浙江人，有点怪，整天躲在茶庄的后室里看书，只有一个小伙计乔福照应店面。

　　一个弹丸小城，茶庄有十几家，生意清淡可想而知。虞临池还雇马车每天从300里外的趵突泉运水泡茶，供顾客品茗。

　　那年春，兖州来了个罗姓讨饭的。讨饭罗很怪，一家一家粗茶淡饭讨饱了，还要来茶庄要茶喝。若是想吃酒肉倒可以理解，但一个穷讨饭的，喝什么茶呀。因此大小茶庄老板伙计，少有理他的。

　　只有虞临池例外，非但不赶这个讨饭的，还邀他进屋，共品香茗。虞临池发现他虽衣衫褴褛，但眉宇清秀，博学通古，对茶经也有独到见地。和他交谈很畅快，遂把他引为知己，干脆请他住到店里，供他吃住。讨饭罗却笑而推辞了。

　　是年秋，兖州遭蝗灾，庄稼歉收，各业受到影响，茶庄稀有人往。天泉这个小茶庄，更是门可罗雀。这一日，讨饭罗来茶庄，虞临池不在，乔福想，这个厚脸皮讨饭的，三番五次来喝白茶。他从灶后抓了一片葵花叶揉碎了，冲了一壶水倒给了讨饭罗。没想到讨饭罗接了茶，照样喝得有滋有味的。乔福在一旁乐了：还品什么茶呢？白给那些好茶给他喝了。

　　又一次，讨饭罗来了，乔福又依计而行，虞临池一下子就闻出了茶味有异，把乔福呵斥了一顿，并连连向讨饭罗赔罪。讨饭罗摆摆手说，我喝着很香呢。

　　冬天的时候，讨饭罗突然要走了，来和虞临池道别，说他家也是茶叶世家，他母亲出远门了，家里有些茶地需要料理。还说有机会给虞临池送些茶来。

　　次年春，虞临池听说太湖洞庭山上有一个高人，培植的一种茶，叫碧螺春，嫩绿隐翠，清香幽雅，采茶时若将茶叶置于怀中，茶得体温，异香突发，因而享誉江南。如能进得这等好茶，生意一定不错。

　　虞临池就派乔福去进茶。乔福到了洞庭山，却不见一个人，但见山腰云腾雾绕，一蓬蓬茶树绿影重重，青翠欲滴，有好多小狐狸穿行玩耍其间。他怀疑看花了眼，揉目间，见一绿衣小姑娘正在摘茶，便上前询问。小姑娘扬手一指说，就是那个长者。乔福看去，正有一老者在茶林间梭巡。近前却呆了——天啊，不是那个讨饭罗嘛！他羞得真想扭头而去，但想到老板的嘱托，硬着头皮施礼问安。好在讨饭罗并不计前嫌，领他到山庄住下。

　　但见讨饭罗每天有很多朋友来往，在此下棋品茗，谈笑风生。

　　讨饭罗天天好酒好菜招待乔福，并不问他来此何事。一晃半个月过去了，乔福急了，只好红着脸把此行目的说了。讨饭罗一拍大腿说："哎呀，怎么不早说，好茶都被客人喝光了，今夜给你赶制吧。"

　　是夜，乔福被阵阵嘈杂声惊醒，恍惚见一个个狐狸来回穿梭，又似听到有炒茶的声音。他起身来看，却又看不真切，又迷迷糊糊睡着了。

　　翌日，讨饭罗递上一个小纸包，对乔福说，一夜只做出这么一点点茶，你拿回去吧。

　　乔福接过来，感觉只有一小撮，至多够沏一壶茶的。心想，这个讨饭的，真不讲情义，当初老板给他多少好茶喝了。

　　归来乔福把来回经过叙说一遍，把小纸包往老板手里一塞，说就这一点。

　　虞临池打开茶包，只见一撮茶叶，卷曲成螺，满身披毫，银白隐翠，香气独特，应是茶中极品。可他是做生意的，讨饭罗给这一点点茶叶能派什么用场呢？随手把小纸包往几上一扔。

　　乔福回来的第二天，天降大雨，几日不停，天泉茶庄又处斜坡底，即将漫水。虞临池和乔福收拾好贵重茶叶和行礼，往高处避水。

　　幸好只有三日雨停水降。回到茶庄，忽闻一股茶香自门而溢，袅袅四散。虞临池正在纳闷，乔福突然叫起来，是碧螺春！我在洞庭山闻的都是这种茶香。入室但见四壁有水淹痕迹，约丈余高，呈深黛色。地上一泡散的纸包和墙上的颜色一致。墙角墙壁有散落的茶渣，叶儿舒展，如春意盈盈。

虞临池悔不该当时没把此茶收好。

茶庄的生意突然好了起来，连连进货。虞临池却是摸不着头脑。这一天，他实在忍不住了，问一个客人，怎么偏来买这里的茶叶？客人说，离茶庄10里有余就闻到一股茶香，沁脾入肺，这就是洞庭山"吓煞人香"的碧螺春呀！

可是，自己的茶庄进的各色茶叶都有，独独没有碧螺春呀，怎么所有的茶叶都是碧螺春的味道呢？

虞临池顾不上生意了，打点行装，直奔向洞庭山。

到了洞庭山脚，他就闻到了熟悉的茶香。见到讨饭罗，连连拜谢。讨饭罗说，没嫌我送的茶叶少吗？他道明情况，问，你送的只有一小包，还被水淹了，怎么此后所有的茶叶闻起来都是碧螺春的味道呢？

讨饭罗微微一笑："我送你的是千年茶母，只要那一点点，密关门窗，即使堆个茶山，泡出的都是碧螺春的味道，百年不变。你室内四壁不是浸透了茶汁么，它就是一个大茶壶呀，茶叶在里面置放一夜，普通茶叶也会变成佳茗的。"

虞临池知道自己遇到仙人了。乔福回想起离开洞庭山前一晚的情形，说，讨饭罗一定是个狐精，我当初看他就和一般讨饭的不一样。

虞临池啐了他一口，你懂什么？茶仙，真的是茶仙啊！

# 雅识斋主

　　曾元苍的父亲是个小商人，在柳巷开了个小店铺，经营些蜡烛、胰子、马桶、拖把之类的日用杂品。曾元苍只读过两年私塾就被父亲叫到店里帮忙了——父亲想把他培养得精明些，将来把店面盘大，也算一份家业。

　　谁知后来曾元苍却另起炉灶，在东关街开了个专业鉴定古玩字画的店，自题匾额"雅识斋"。

　　父亲想不通，认为儿子是找西北风喝。不料曾元苍却把店开得红红火火，门庭若市，连广东浙江一带的古董商都慕名而来。上海滩大名鼎鼎的杜月笙也曾专程来扬州，请曾元苍鉴定人家送他的唐宫珍宝"九牛鼎"，福特轿车停在雅识斋前，引得行人驻足观望。

　　曾元苍识字不多，又没出去闯荡过江湖，缘何精于古董，没人说得清。否则他也不算奇人了。若不是匪首陈木丰，曾元苍日后当成为一个颇有资历的古玩鉴赏家。

　　这是一件憾事！

　　那时候陈木丰常在夜晚悄悄去雅识斋找曾元苍。一个土匪找他干什么呢？原来陈木丰除爱钱之外，对古玩也感兴趣。

　　土匪爱古玩，就比他人容易得多了——首先是偷，偷不来就抢，抢不来就敲！

　　每弄到一件古玩，陈木丰就来找曾元苍鉴定，也带几分炫耀之意。

　　一次陈木丰盗得一幅古画《濯足图》，题款为东晋名家顾恺之所作，不少行家都认定是魏晋真迹。最后，陈木丰又将画带到雅识斋。

曾元苍展轴视之，但见远山叠嶂，山涧流水潺潺，有二美女坐于石上，撩水濯足。他说："此图多用墨线勾勒，着色不多，亦无钤印，合魏晋款识。画风亦极似顾恺之。不过，乃伪作。"

陈木丰问："何以见得？"

曾元苍说："此画的破绽就在女子的脚上。"

陈木丰睁圆眼睛盯着画看了半天，仍未琢磨出什么名堂，就问曾元苍："脚上有何破绽？"

曾元苍说："细观莲花小脚，乃缠足所为。女子缠足始于五代末，至隋唐才渐成风气，魏晋尚无此习，此画自然是赝品了。"

陈木丰被曾元苍一番话说得五体投地，忙扔过来一支"红锡包"香烟，还为曾元苍点上火。

从此，陈木丰更加佩服曾元苍了，常来雅识斋，向曾元苍讨教古玩知识。

陈木丰听说本城才子白云山家藏有一幅明代文征明的《蕉石鸣琴图》，偷盗未成，便将白云山绑票了，令白云山家人带画赎人。

曾元苍找到陈木丰说："你如此大动干戈，真是不值得。白云山所藏的那幅画是赝品。"陈木丰问："你怎么知道？"曾元苍说："他找我鉴定过。"陈木丰说："既是假的，他家人怎么不拿画赎票？"曾元苍说："就因为是假的，他家人怕你识别，说他们用假画骗你，你动怒杀了白云山。"

结果，陈木丰没要那幅画，将白云山放了。

便有传言，曾元苍和土匪有染，来找他鉴定古玩的人渐渐少了。

一天晚上，曾元苍在睡梦中被一阵敲门声惊醒。开门一看，却不认识。

没等曾元苍开口，来人已"扑通"跪下："求先生救命！"曾元苍大为惶惑，忙扶起来人："请起，请起，有话慢慢说。"来人这才爬起，告诉曾元苍，他姓谌名逊铭，住扬州东门外。他家有一明代祖传蛐蛐罐，到他手上，已是第21代了。因是祖传之物，谌家世代倍爱，不管人出多少钱都未卖出。陈木丰几次偷盗未成，便将谌逊铭已有身孕6个月的夫人绑票了。绑架有身孕的妇女是土匪最狠毒的一招，叫"双票"，如被绑票家人不按要求赎票，就要"切瓢"（剖腹杀死母子二人）。

谌逊铭说："我不忍祖传之宝在我手中失传，所以来请曾先生去陈木丰那里求求情，我可以多出点钱……"

听完这话，曾元苍为难了。陈木丰和他虽有来往，他只不过为了消灾仅给陈木丰看看古玩字画，并无深交。两人也有君子协定：陈木丰不劫他的店；为保证雅识斋正常营业，他也不能向陈木丰密告他人来店鉴定古玩之事；他对陈木丰所为亦不得向外透露半点。再说，为好友白云山的事他已蒙过陈木丰一次，至今想起来还有点后怕。

看着来人乞求的目光，他又不忍拒绝。沉吟半晌，他对谌逊铭说："你先回去，我去试试看吧。"

曾元苍不知道，自己由此惹上了祸端！

话说曾元苍摸黑来到匪窝，和陈木丰闲聊了一会儿，拐弯抹角提起了这件事。

陈木丰不紧不慢地说："曾先生不会说这谌家的蛐蛐罐又是假的吧？"

曾元苍心里"咯噔"一下，一时竟无言以对。

陈木丰冷笑一声："曾元苍，我也不是吃素的，上次为白家的那幅画，我已给了你面子，这件事你最好不要插手。"

曾元苍说："不瞒陈爷说，我来，是因为谌家人去求我，我不忍拒绝，谌家的蛐蛐罐确是件古玩上品，谌家答应可给陈爷一笔钱。陈爷同意也是给了我一个面子，不同意我也不为难。"

陈木丰吸了一口烟："答应你也可以，不过你也要答应我一个条件。"

曾元苍问："什么条件？"

陈木丰说："你要付出代价的。"

曾元苍说："只要陈爷答应放人，什么代价我都愿付。"

"既然你是个爽快人，我也就不客气了！"陈木丰说着从腰间拔出盒子枪。

曾元苍一愣，但到这份上，也顾不了那么多了，他倒镇静了许多。

"砰砰"两声枪响，曾元苍倒在了地上。不过，他没有死——陈木丰只打伤了他的两条腿。

陈木丰用手抹了抹枪管："曾先生，自古忠孝不能两全，这善恶也不能并举，为使你不再陷入这种尴尬境地，你就不必回去了，专在此为我效力，这里有你吃的喝的。"

谌夫人平安回了家。

第二日谌逊铭提礼去谢曾元苍时，却见雅识斋大门紧闭。

后来，官府剿匪，陈木丰被乱枪打死。曾元苍和几个土匪被生擒，判了死罪。

行刑那日，谌逊铭和他的夫人带着孩子站在刑场外的人流中。谌夫人跪倒在地，闭起眼睛，默念道："恩人……"

7岁的儿子没注意母亲的举动，瞪着大眼睛看着刑场，好奇地问："妈妈，那个瘫子怎么也当土匪呀？"

# 田七嫂

胸山石湫镇的田七，中年时死了妻子，膝下有一儿两女，生活异常困苦。其间有人为田七做媒的，他都拒绝了，担心儿女们受后娘的气。

一天，田七到地里做活，天已经很晚了还没回来。几个孩子肚子都饿得咕咕叫了，大女儿就去叫他。那年是大灾之年，家家都没吃的，田七家更是如此。他的大女儿路过一片荞麦地，肚子实在饿了，就吃起青荞麦来。到底是小孩子，青荞麦吃几粒充一会饥是没事的，但不宜多吃，她吃多了撑坏了肚子，刚走了几步，就倒在荞麦地旁，昏厥了。

田七回家路过也没发现女儿倒在旁边的荞麦地里。到家才知道，大女儿去找他了还没回来，忙返身去找，村里村外找了几圈也没找着。

田七呆坐在屋里叹气，小儿子和小女儿都快吓哭了。快夜半的时候，院里来了一个陌生的年轻女子，抱着个孩子，正是田七的大女儿，已经睡着了。

女子说，她是安徽人，家乡遭了水灾，逃荒到此地，路过荞麦地时发现了他的大女儿。她说，这孩子是饿坏了，吃了好多生荞麦，我用土法给她治了。

女子从身上拿出个布袋子，说我这里还有点米，煮点米汤给她喝。

一会儿，一锅热腾腾的米汤就煮好了，大女儿喝了米汤，果然精神起来。

女子说，大哥，看着这几个孩子真可怜，你怎么不为他们再找个妈呀。

田七唉了口气说，我这么穷，有谁愿嫁我呢？再说，我担心娶了个后妈，孩子们会受气呀。

186

女子说，我自小死了爹娘，是哥哥把我带大，可哥哥娶了嫂子后，我常遭嫂子的白眼，也不想回那个家了。如不嫌弃，我愿意跟你过日子，照顾几个孩子。

田七细看她，端庄大方，貌相和善，真是个难得的好女子。就说，只要不嫌我穷，你就留下吧。

女子就此留了下来，村里人都称她田七嫂。

田七嫂很勤快，每天早早起来，把一家人的脏衣服都洗了，家里家外收拾得干干净净的。对几个孩子照料得细致入微，孩子们都很喜欢她，没有因为是后娘而有什么隔阂。

田七嫂还会刺绣。她绣的东西针脚细密，栩栩如生，花鸟虫鱼，绣什么像什么。

她让田七把绣品拿到集市上去卖，准能卖个好价钱，一家人的日用花销就都有了，几个孩子再也不用穿得破破烂烂和忍饥受饿了。

田七常对儿女们说，她虽然不是你们的亲妈，但比亲妈还亲，你们一定要好好孝顺她。

田七嫂性格腼腆，平时很少和村里人来往，见到大家只是笑笑，也不多话。

村里有个张秃子，很好事，嫉妒田七娶了这么好的一个媳妇。他常窥觑田七嫂的言行，久之，发现田七嫂有异于常人。有一次田七嫂刺绣时不小心刺破了手指，一滴血沾在了绣布上。张秃子就把这块绣布偷去了，一看，不像是人血。他去找一个道士，道士一闻血迹，说可能是个妖孽。张秃子就把道士请进村来。恰好田七去集市卖绣品了，道士使了法术，画了一道符，使田七嫂现了原形，果然是个母狐！

道士捉住母狐，用绳子紧捆了，让众人抱了柴火来，说用大火把它焚烧了，就还不了形了。

母狐被抛进了柴火堆中，惊恐地颤抖着，一双眼睛哀怜地望着众人。田七的三个儿女也在人群中，都吓得不敢抬头看。

道士点着了一个火把，向柴火堆扔去，火苗呼啦窜了起来。

火越烧越大，道士口中念念有词。

正在这时，田七从集市回来，闻听此事，迅疾赶来，分开众人，一把推开道士，飞身到火中，抢出了母狐。母狐的皮毛上冒着烟，他冲出人群，大步狂奔，身上的衣服都烧着了，似一个火人。

　　进了院门，田七即刻往母狐身上浇了一盆水，然后用干布把水揩净，兑了盐水为母狐擦洗伤口。

　　儿女们都问，知道它是个狐狸，为何还要拼死救它回来?

　　田七说："休得胡说，怎么说，她也是有恩于你们的母亲呀!"

# 张九驴

一日，有个跛老头牵着一群驴到黄庄，在庄后河坡上搭一草棚住下。起初，人们以为他是贩驴的暂在此处歇脚。可住了多日，也不见走，整天把驴赶到河坡上吃草。他自己坐在坡上吹箫，时而呜咽，时而悠扬。

老头对人说他姓张，可没说名儿，因他牵着九头驴，人们便都叫他张九驴。

张九驴从不生火做饭，每天吃饭时，他就拿个破碗，到庄上乞讨。可他有别于一般讨饭的，年年月月，总在黄庄乞讨，从不去他村，黄庄人就厌了。但黄庄人心善，还是多少施舍点给他。

这年春，流行一种瘟疫，庄上的牛、马等大牲畜都染疾而死。可张九驴的九头驴依然健壮，安然无恙。耕种时便有人去借驴用，没想到被张九驴一口回绝。

人都说知恩图报，可这张九驴却没心没肺，黄庄人养着他，他连一头驴都不借，可把黄庄人气坏了，发誓再不给他一口饭吃。

庄上有个年轻后生叫黄安，自小死了爹娘，觉得这老头儿孤孤单单，怪可怜的，便要接张九驴回来住，只当侍奉爹娘的。可张九驴不肯，黄安就一日三餐送饭给他吃。张九驴就把黄安视为至交，常和他谈论些人间世事。

黄庄人都骂黄安是拿娃喂狼。

这一年闹蝗灾，庄稼歉收，缴上苛捐杂税，就所剩无几了，黄庄很多人都饿得得了浮肿病。有人就打起张九驴的主意，夜里偷了他的驴杀肉吃。可奇怪的是，偷驴人发现第二日张九驴牧驴时仍是一副怡然自得的神情，一数他的驴，仍是九头。一传十、十传百，黄庄人晚上就去偷张九驴的驴杀肉吃。但白天数来数去从

未见他的驴少过，偷驴人也就心安理得。

这事只有黄安蒙在鼓里，他跑破腿脚到田间挖野菜，没有野菜就扒榆树皮，用水煮了吃。不管吃什么，他都不忘给张九驴端一碗去。

这一天，张九驴叫去黄安，原来他的驴死了一头。他对黄安说："这灾荒之年，本应将驴杀了给你吃的，可我爱驴如命，实在舍不得伤驴呀。再说君子之交淡如水，你也不会让我那么做的。现在我这头驴病死了，送病死的驴给朋友吃是不尊重的，我腿脚不便，想请你帮我把驴埋了。"

黄安二话没说，就答应了张九驴。从家里取来锹，拖起死驴就走。选好了地方，黄安就开始挖坑。他挖了一尺多深的时候，只听"当"的一声，锹头碰到了一件硬物，挖出来一看，原来是一块拳头大的金子。

黄安想，若不是张九驴叫我来埋驴，我就不会挖到这块金子。这金子应和张九驴平分。

他埋了驴，便将金子揣在怀里去找张九驴。可他来到河坡，却不见了草棚，张九驴和他的驴群也没了踪影。

一直守到天黑，也不见张九驴回来。

一连几天，黄安也未找到张九驴。

黄安将金子卖了，买了好多粮食，帮一村人度过了灾荒。

有个逃荒的女子来到黄庄，模样长得甚是端正，自称是河南人，名叫阿红。有人做媒，便嫁给了黄安。一年有余，阿红生了个儿子，取名黄乐，一家三口过着太平安康的日子。

黄安一天天老了，可阿红却不见丝毫老相，直到儿子娶了媳妇，仍是那么年轻，看上去和儿媳的年纪不相上下。黄庄人都啧啧称奇。

黄乐结婚的第二天，阿红对黄安说："我们在一起恩爱多年，现在你的儿子也娶了媳妇，我放心了，你也该知足了，我要走了。"

黄安茫然不解："日子过得好端端的，这是为何？"

阿红说："因为我们的缘尽了。实话告诉你，我是张九驴的女儿，家父还等我回去呢。"

黄安哪里肯依，想扯住阿红的衣袖问个明白，可他什么也没抓着，眼前飘过一阵轻烟，阿红就不见了。

# 菊　痴

青州城外农庄住着一贫困书生王郎，多次应考，都未及第。

王生画得一手好画，尤爱菊花。可因无名气，他的画总是无人问津，每日出摊仅能卖出几张，勉强维持母子生计。王生爱菊、养菊、赏菊、画菊，茅舍四周全是菊花，屋内、檐下还有盆菊。他每日对菊作画，对菊吟诗，如痴如迷，荣辱皆忘。

这几日，他老母突然患病，卧床不起。他每日到处问药求医，还要作画挣钱，不几日，竟苍老了许多。眼看老母的病一天重似一天，他心急如焚。有一天，他去给菊花浇水，不禁自言自语起来："菊呀，你们得天地阳光之气，生长得自由自在无忧无虑，我还真不如你们呀。""书生，真难为你对我一片痴情，好心总会有好报的。"一女子的声音飘向他的耳轮。王生抬头见一面容姣好的女子正站在自己面前，却不认识。正觉奇怪，那女子对他说："我叫小菊，请把你每日作画的砚台拿来。"王生也顾不上多想，就去拿了砚台，那女子叫他把砚台置于一株盆菊下，王生依言而行。只见菊花蕊沁出一股股清露，不一会就满一砚。女子说："你用这水磨墨作画去卖。"王生正要再问什么，那女子却倏地不见了，眼前飘过一阵清香。

回到书房，王生就用这清露磨墨调色，顿觉香气扑鼻，神清气爽。他接连作了一百多张秋菊图。第二日上街去卖，说也奇了，往日被冷落的画摊顷刻间热闹起来。不一会，一百多张画就被抢购一空。

他用这钱为老母抓药治病，不多日老母就面颊红润，渐渐痊愈。

从这以后，王生每日都用菊花清露作画，但他并不多画，每日卖出十余幅，也就知足。

　　一日，画友赵生执意请王生喝酒，盛情难却，王生就去了。人一高兴，不免多喝了几杯，话也就多了起来，王生便将画菊的秘密说了出来。

　　赵生就要王生领他去看看那株神菊，王生不应。此后赵生又三番五次来求，都被拒绝，赵生便怀恨在心。恰巧县令也是个爱好舞文弄墨、附庸风雅之人，赵生便到县衙将王生的秘密说了，领了一笔赏钱。县令召见王生，提出要买其滴露菊，王生不答应。县令便找个借口将王生抓了起来，关进监狱，然后派人上门搜菊。可王生家满庭皆菊，他们不知哪一株会滴露。县令要王生说出哪一株，王生不招，被打得遍体鳞伤，死去活来。

　　恰在此时，一阔少犯了死罪，被打入死牢，此人用钱买通了县令。县令准备偷梁换柱，用王生作替死鬼。

　　王生和几个死囚被带上囚车，押往刑场。临刑前，刽子手对王生悄语："如你悔悟还来得及。"王生紧咬牙关，一言不发。

　　三发炮响过后，刀光一闪，王生人头落地，却化成一缕青烟，尸首不见了。滴血之处冒出一朵菊花，灿烂地开着。

　　王生醒来，却见自己躺在床上，母亲正给他擦敷伤口。他挣扎爬起来，来到室外，却见那株滴露菊的花朵落在地上，只有一枝杆儿直直地挺在那儿，顶端分明有刀削之痕。

# 美人蕉

祝隐方是沭阳的一个穷画家。

他很怪，千草百卉，他独爱美人蕉，只画美人蕉。他笔下的美人蕉，或工笔，或写意，淡雅，娇艳，清逸，妩媚，信笔涂来，没有一幅相同的。

可是，因没有名气，他的画少有人问津。

他也不怨天尤人，觉得磨砺不够，自己的画确实少了点什么。水不到哪来渠成？

为了画美人蕉，他几乎变卖了所有家产，在桑墟镇买了块地，种了一大片美人蕉。种蕉，赏蕉，画蕉。

一天，桑墟镇来了两个卖美人蕉的男女，尽管祝隐方院前屋后已有不少美人蕉了，但他还是买了百余株。

这两个男女见祝隐方那么爱美人蕉，还是个画家，就主动帮他栽植。

眼看天色已晚，两人就要赶路，祝隐方说："如不嫌弃，就在此留宿吧。"他们商讨了一下，同意了。

祝隐方备上薄酒招待二人，闲谈中得知他们乃兄妹，哥哥叫陆尤离，妹妹叫陆尤纤，福建人，是种花世家，家里有大片蕉园。三人推杯换盏，不由越谈越投机。陆尤离说，南方此花盛多，生意难做，才来北方卖花。祝隐方说，山高路远，来往多有不便，不如就在此住下，我这尚有些空园，辟出一块来，专给你们种花去卖。

兄妹俩小声商讨了一会，说，多谢祝兄盛情，只是怕多有打扰。

祝隐方说，哎，我画蕉，你们种蕉，都是同好，不必客气。我种蕉总不得法，正好跟你们学一学，说不定我的画也因此多点灵气。

陆家兄妹就此住下。他们二人种花，祝隐方画花。

祝隐方有时画累了，就来旁边看他们兄妹种花，知道不少养花的讲究。兄妹俩闲了也会来看祝隐方画画。尤纤还常帮祝隐方研墨展纸。尤离远远看着，觉得真是相配的一对。

一日，尤离就把自己的想法对祝隐方说了。祝隐方因为落魄，至今尚未婚娶。对尤纤也甚有意，只是耻于开口。他说："令妹配我这个穷画家还有什么说的，只是怕委屈了她。"

尤离说，我的妹妹从小随我长大，性格温和，她的心思我懂，话由我来说。

果然尤纤那边没什么说的。就这样，定下了婚事。选了个吉日，祝隐方邀了村邻好友，摆了喜筵。

三个人的关系更亲密了。

有一次祝隐方正在作画，陆尤离要过他的笔，在一朵花上轻轻点了一下，整个画仿佛全活了，甚至隐约可闻花香。祝隐方说，没想到尤离兄也擅丹青，轻轻一笔就化腐朽为神奇。怪不得我的画无人赏识，原来缺的就是这种气韵！

尤离笑笑，并不作解释，只是说，贤兄过誉了。

后来，祝隐方的画拿到集市上去卖，市人争相购买。很快，祝隐方的声名就传出去了，连金陵、扬州都有人来向他求画。

祝隐方从此不愁衣食了，日子也丰润起来，闲下就和兄妹俩下棋聊天，喝酒品茗。

他和陆尤离都是好酒量，一斤不倒，二斤不醉。尤纤也能喝个五六两。三个人能喝掉五斤酒。

但尤纤总是不多饮，每次见他们两个喝得差不多就不让喝了。

有一次，尤纤出门去了，祝隐方为了试探尤离酒量，两人喝了五斤酒后，又悄悄续了五斤。结果两人都喝多了，祝隐方当场醉倒在桌旁。尤离回去的路上，摇摇晃晃，一个趔趄倒下，就没爬起。待尤纤发现，已变成一株美人蕉。尤纤不由得埋怨祝隐方把哥哥醉成这样，怕是他的劫数了。她坐在蕉旁，哭了一夜。

第二天祝隐方酒醒，忙去找陆尤离。尤纤把他带到尤离昨天晚上摔倒的地方，有一棵大美人蕉，连叶子都是红的。

尤离说你把我哥喝醉成这样，已坏了他的幻术了。

祝隐方这才明白，他们兄妹原是花仙啊！

祝隐方追悔莫及，喝酒时就坐在芭蕉旁边对着尤离说话。久而久之，这棵美人蕉散发出浓郁的酒气。

祝隐方 60 多岁的时候，有一天夜里，尤纤翻来覆去睡不着，祝隐方追问其故，尤纤说，明天是我兄长的难日。

翌日，祝隐方去一看，那棵美人蕉全身都枯了。

祝隐方和尤纤在一大片蕉园中给尤离垒了一座坟，立了一块碑，上刻：醉蕉。